Jeudi 10 décembre 1998

LA MACHINE À BONHEUR

STAR TREK
AU FLEUVE NOIR

5.   Spock Messie - *Theodore Cogswell et Charles Spano*
6.   Corona - *Greg Bear*
7.   Le Concept Prométhée - *S. Marshak et M. Culbreath*
8.   Le Tourbillon Galactique - *David Gerrold*
9.   Les Larmes des Baladins - *Melinda Snodgrass*
10. La mémoire foudroyée - *J.M. Dillard*
11. Le Triangle mortel - *S. Marshak et M. Culbreath*
12. La Gloire de Vulcain - *D.C. Fontana*
13. Piège temporel - *David Dvorkin*
14. Ishmaël - *Barbara Hambly*
15. La planète du jugement - *Joe Haldeman*
16. Le règne des profondeurs - *Howard Weinstein*
17. Vulcain ! - *Kathleen Sky*
18. Entreprise, la première mission - *Vonda N. McIntyre*
19. L'appel du sang - *J.M. Dillard*
20. Flamme Noire - *Sonni Cooper*
21. Le monde sans fin - *Joe Haldeman*
22. L'univers de Spock - *Diane Duane*
23. Sur ordres du médecin - *Diane Duane*
24. Le fils du passé - *Ann C. Crispin*
26. Meurtres sur Vulcain - *Jean Lorrah*
28. Prime Directive - *J. et G. Reeves-Stevens*
30. Retour à Sarpeidon - *Ann C. Crispin*
31. La chanson d'Uhura - *Janet Kagan*
34. La faille - *Peter David*
36. Bras de fer sur Trellisane - *David Dvorkin*
38. Ennemi, mon frère - *Diane Duane*
40. Les cendres d'Eden - *William Shatner*
42. L'effet entropic - *Vonda N. McIntyre*
44. Le retour- *William Shatner*
46. La croisée des temps - *Della Van Hise*
48. Les vengeurs - *William Shatner*
50. La Machine à Bonheur - *James Gunn*
Star Trek : La Nouvelle Génération :
25. Rendez-vous à Farpoint - *David Gerrold*
27. Reliques - *Michael Jan Friedman*
29. Les enfants de Hamlin - *Carmen Carter*
32. Les Gardiens - *Gene de Weese*
33. Masques - *John Vornholt*
35. Spectres - *Diane Carey*
37. Destruction imminente - *David Bischoff*
39. Imzadi - *Peter David*
41. Zone de frappe - *Peter David*
43. Le cœur du démon - *Carmen Carter*
45. Les survivants - *Jean Lorrah*
47. Intellivore - *Diane Duane*
49. Le Palmarès romulien- *Simon Hawke*
51. Equilibre des forces - *Daffyd Ab Hugh (décembre 1998)*

STAR TREK®

LA MACHINE
À BONHEUR

par

JAMES GUNN

sur une idée de
THEODORE STURGEON

FLEUVE NOIR

Titre original :
The Joy Machine

Star Trek est une marque déposée de Paramount Pictures Corporation. Publié avec l'autorisation de Pocket Books, New York.

Traduit de l'américain par
Prudence Bakouny

Collection dirigée par Patrice Duvic
et
Jacques Goimard

[MESSAGE RADIO SUBSPATIAL]
<interrogation vaisseau interstellaire>
>réponse
vaisseau interstellaire<
<confidentiel sub-circulation>
>confidentiel sub-circulation accepté<

[MESSAGE RADIO SUBSPATIAL]
<interrogation
interrogation
interrogation>
<identification>
<moi
interrogation>
<moi>

CHAPITRE PREMIER

TIMSHEL

Derrière les hublots, la planète suspendue dans l'espace ressemblait à une boule de Noël. Baignée par la lueur dorée de son soleil G2, à cent quarante-cinq millions de kilomètres de distance, Timshel tournait lentement : une oasis bleu et blanc dans le désert spatial, une anomalie exquise dans la vacuité de l'univers.

Quand les vaisseaux touristiques interstellaires adoptaient une trajectoire hélicoïdale pour entrer en orbite, le spectacle changeait. A travers les nuages tourbillonnants, les passagers voyaient les calottes polaires brillantes comme des balises, puis des masses de terre vertes. La planète tournait, révélant cinq continents verts et bruns sur fond bleu, puis des îles et des archipels.

La navette d'atterrissage qui emmenait les visiteurs sur Timshel ajusta sa trajectoire vers la zone tempérée. Par les hublots, les passagers admirèrent les sommets enneigés entourés de forêts, puis les plaines fertiles. Enfin, aux sources des fleuves ou sur les bords des océans, ils distinguèrent des bâtiments et des routes, seules traces de présence humaine. Des réponses subtiles à la question : « Y a-t-il de la vie sur Timshel ? »

La navette atterrit près de la capitale. Devant le bleu profond de l'océan, la ville blanche était entourée d'un anneau verdoyant, semé de taches rouges et jaunes comme un tableau impressionniste. Les taches étaient des maisons basses ; la verdure et les fleurs des jardins constituaient le fond coloré. Vers le centre de la ville, la hauteur des bâtiments augmentait progressivement sans jamais dépasser cinq étages. Là aussi les jardins étaient nombreux, mais plus formels, arrangés entre de grands espaces pavés, pour que les habitants puissent s'arrêter et jouir de l'odeur et des couleurs de la nature.

Les bâtiments étaient des structures gracieuses, artistiques et fonctionnelles. Située au bord de la mer, la ville bénéficiait d'un climat tempéré et faisait penser à une station balnéaire. Les colonnes, les frontons et les statues rappelaient la Grèce antique aux visiteurs ayant des notions d'histoire. De factures diverses, les statues avaient un seul point commun : elles ne figuraient ni des hommes, ni des non-humains, ni des animaux, mais étaient toutes des répliques idéalisées de personnages, tel le David de Michel Ange ou la Vénus de Milo. On aurait cru que les habitants de Timshel avaient voulu représenter la perfection inhérente à chaque être.

C'était la planète Timshel. L'escale préférée des équipages et ce que leur planète mère, la Terre, avait jadis tenté d'être : le jardin d'Eden avant la chute.

Timshel était un peu moins massive et plus chaude que la Terre, avec de moindres variations climatiques. Habitués à une plus forte gravité, les voyageurs s'y sentaient exceptionnellement vigoureux. L'air exempt de pollution et plus chargé en oxygène paraissait un nectar.

Timshel n'avait pas eu besoin de passer de la barbarie à la civilisation. La planète avait été colonisée un siècle et demi auparavant par le groupe de Timshel

Praxitèle, et les habitants n'étaient pas tombés dans les pièges habituels des nouveaux mondes. Alors qu'ailleurs, les colons avaient aussitôt exploité les ressources naturelles en créant des fermes, des mines et des usines, transformant leur nouveau territoire en centre prospère de commerce, les habitants de Timshel avaient agi différemment. Ils avaient réservé à l'agriculture quelques espaces dans la zone tempérée, puis installé des forages télécommandés sur les planètes géantes du système, prodigues en hydrocarbures, ainsi que des usines automatisées sur certains astéroïdes et sur les lunes non fertiles.

La vie quotidienne, sur la planète, tournait autour des activités intellectuelles et des échanges culturels, offrant une large part à la créativité, à l'art... Et à l'amour.

Timshel était un monde d'amour. Les habitants de Timshel étaient amoureux les uns des autres, amoureux de l'univers, amoureux de la vie. Vivre sur Timshel, quelques semaines, quelques jours, ou quelques heures, équivalait à une renaissance.

Mais quelque chose de terrible était arrivé.

A bord du vaisseau intergalactique *Entreprise,* le capitaine James Kirk leva les yeux vers son second.

— Comment une telle perfection peut-elle être corrompue ?

— Nous ignorons ce qui s'y passe..., répondit Spock.

— Quand une planète de loisirs comme Timshel refuse l'accès aux touristes et interdit à ses citoyens de partir, c'est que quelque chose ne va pas, affirma Kirk, arpentant la passerelle.

En pénétrant dans le système solaire de la planète, le vaisseau fut violemment secoué.

D'habitude, le capitaine acceptait sans réfléchir son environnement familier. Mais approcher un monde tel que Timshel lui faisait regarder d'un nouvel œil tout ce qui l'entourait. Bien que le vaisseau vienne d'être révisé à la base stellaire 12, il conservait l'odeur unique de ses occupants et de son matériel. Tout espace confiné avait son parfum caractéristique, que chaque membre de l'équipage savait reconnaître, bien qu'il ne sentît plus depuis longtemps sa propre odeur. Tel était le pouvoir du sens olfactif, même chez des créatures aussi peu douées dans ce domaine que les humains...

Toute chose est unique. Deux phénomènes ne sont jamais parfaitement identiques. Pas même les vaisseaux tels que l'*Entreprise*, pourtant produits à d'innombrables exemplaires. Pour un œil étranger, difficile de faire la différence... Mais l'inconscient des membres de l'équipage enregistre l'emplacement du mobilier, l'usure du revêtement du sol, les traces de mains sur les portes, l'empreinte subtile des doigts sur les panneaux de commande.

— Toute question a une réponse, capitaine, dit Spock sur un ton neutre. Le problème, c'est de bien la poser.

Kirk lui jeta un regard exaspéré.

— J'ai posé *exactement* la question suivante : « Comment une telle perfection peut-elle se corrompre ? »

— Cette question comporte trop d'imprécisions, répondit Spock, imperturbable. Le terme « perfection » et l'expression « se corrompre », par exemple. Nous ignorons leur signification. Je suppose que vous avez déjà été sur Timshel ?

— A deux reprises. Une fois pour une permission, et une fois pour réparations.

— Et la planète était, comme vous dites « parfaite » ?

— Eh bien..., dit Kirk, souriant devant la logique imparable de son second. Peut-être pas pour un équipage cherchant à s'offrir une bordée nocturne... Elle offrait une vie *idéale,* agrémentée par des objets d'art et des lieux de paix, dans une ville *idéale* avec un climat *idéal.* La ville de Timshel semblait être une université consacrée à l'étude et à l'accomplissement de soi... Un endroit voué à la découverte de la naissance de l'univers, de son développement et de son fonctionnement. La vie y était palpable... Oui, les habitants cherchaient comment vivre *vraiment*, et leur existence entière était orientée en ce sens.

Spock leva un sourcil.

— Et comment une telle perfection peut-elle « se corrompre » ?

— C'est la question, n'est-ce pas ? Et c'est celle que j'ai posée... Je ne sais pas. Si un lieu pareil peut être corrompu, quel espoir reste-t-il pour ceux qui aspirent à l'humanité ?

— De la perfection, je ne sais qu'une chose, dit lentement Spock. Elle est hors de portée ; sa recherche mène à la déception et parfois au désastre.

Kirk ne put s'empêcher de sourire.

— Venant de vous, ces mots sonnent bizarrement. J'ai toujours pensé que vous tendiez vers la logique parfaite, voire que vous l'aviez atteinte...

— Ce n'est que mon *but*, capitaine, répondit Spock très sérieux. Et mes efforts peuvent être vains. Voyez-vous, tout repose sur la précision de l'information, même si la théorie du processus de pensée est impeccable... Ce qui, bien sûr, est impossible.

— Oui, je comprends. La question est donc : « Comment, en l'absence d'informations complètes, se débrouiller avec une réponse imparfaite ? ». Il me semble qu'il existe une seule façon de procéder...

— Qui est ?

— Votre logique vous fait défaut ?

— Parfois, concéda Spock sans humour aucun, *votre* logique m'échappe, capitaine.

— Je m'expliquerai... Quand nous aurons rejoint les autres.

Avant de sortir, le capitaine Kirk jeta un coup d'œil au cube holographique posé sur son bureau.

Dans la salle de conférences, Kirk étudia ses collaborateurs. Ils étaient tous les cinq assis sur leur chaise habituelle, les bras croisés ou les coudes sur la table. Cela faisait si longtemps qu'ils habitaient cet espace que les sièges avaient épousé les formes de leur corps. McCoy, Uhura, Scotty, et Spock regardaient le capitaine Kirk.

Puis ils se mirent à parler en même temps. La voix de McCoy domina les autres.

— Vous ne pouvez pas faire ça, Jim. L'agent de la Fédération n'en est jamais revenu... Il n'est pas question de risquer la perte d'un capitaine de vaisseau stellaire.

— Encore moins, de *notre* capitaine, ajouta Uhura.

— Deux, dit Kirk.

— Comment ça, deux ? s'exclama Scotty.

— *Deux* agents de la Fédération. L'un de nos meilleurs agents de renseignement, Stallone Wolff, a disparu il y a un an. Danièle Dumoulin est partie le chercher il y a trois mois. Après son premier rapport, nous n'avons plus jamais eu de nouvelles.

— Pas Dani ! s'exclama McCoy, consterné.

— Qui est l'agent Dumoulin ? s'enquit Spock.

— Une amie de notre capitaine, murmura McCoy avec un regard de sympathie pour le capitaine Kirk.

14

— Je dois prendre ce risque, insista ce dernier. Notre feuille de route est claire : « Aller sur Timshel et découvrir pourquoi ses habitants refusent tout contact depuis deux ans. Si possible, récupérer les deux agents. S'ils sont morts, trouver la raison et ramener les coupables pour qu'ils soient jugés. »

Kirk se leva brusquement et se dirigea vers la fenêtre. Les étoiles défilaient comme d'habitude.

— Une *excellente* amie, précisa McCoy.

— Raison de plus pour que vous n'y alliez pas, dit Spock à l'adresse du capitaine. J'irai seul.

Kirk se retourna avec un sourire ironique.

— Vous passerez difficilement pour un agent secret, rétorqua-t-il. Il n'y a pas de Vulcains sur Timshel.

— Je peux toujours me déguiser. Si deux agents ont disparu, la situation est plus dangereuse qu'on ne le croit. Il serait logique de confier cette mission à quelqu'un qui...

— J'ai une expérience unique, protesta Kirk. Ayant passé presque trois mois sur Timshel, je serai à même de découvrir ce qui a changé. De plus, à cette époque, j'ai fait la connaissance d'un scientifique nommé Marouk.

— Et comment allons-nous faire débarquer quelqu'un sans dévoiler la présence du vaisseau ? demanda McCoy.

— Ça, c'est le problème des techniciens, coupa Scotty.

— Pas de problème. Mais, Jim, il y a une chose que vous ne nous avez pas révélée : que disait l'unique rapport de Dani ?

— Situation normale. Les habitants travaillent beaucoup, précisait-elle. Une seule chose lui a paru curieuse.

— Quoi ? demanda Uhura.

— Chaque adulte portait un bracelet avec un gros rubis au milieu. Dani en a même fait un croquis. Ordinateur, montrez-nous le bracelet sur l'écran. (L'objet apparut en image virtuelle, tournoyant sur lui-même.) A l'époque, je n'avais rien vu de tel. Il doit avoir une signification...

— Ça signifie, dit fermement Uhura, que vous devez emporter quelque chose pour votre sécurité.

— Je vois ce que vous voulez dire, fit Kirk. Nous arriverons demain. Pouvez-vous me bricoler quelque chose en moins de vingt-quatre heures ?

— Comptez sur moi.

— Scotty, pouvez-vous trouver un moyen de dissimuler le vaisseau ? (L'ingénieur hocha la tête.) Bien, allons-y.

En entrant dans le bureau de Kirk, McCoy saisit machinalement le cube holographique. En le retournant, on apercevait une femme presque vivante. Quand on appuyait sur un bouton, les lèvres de l'image bougeait. « Bientôt, chéri... Puis pour toujours », disait-elle.

— Capitaine, j'ignore ce qu'est devenue Dani... Mais l'épreuve sera difficile. Etes-vous certain que l'inquiétude n'affectera pas votre jugement ?

— Vous me connaissez mieux que ça, répondit Kirk, les yeux embués par la douceur d'un souvenir. Ce n'était qu'un rêve... Les capitaines sont mariés à leurs vaisseaux ; il est insensé de croire qu'ils puissent avoir des épouses ou même des petites amies...

— Vous êtes aussi humain, Jim. Vous ne pouvez faire l'impasse sur le sort d'une personne qui vous est chère.

— La meilleure chose que je puisse pour elle est de me conduire en parfait professionnel, dit Kirk en secouant la tête. Si Marouk est mêlé aux événements — et il faut envisager cette possibilité —, mon lien avec Dani sera une explication toute trouvée pour ma soudaine arrivée.

— Il ignore vos intentions...

— Oui, et je n'ai aucun moyen d'entrer en contact avec lui. C'est un excellent homme et un bon ami ; il sera surpris, mais il comprendra.

Kirk sortit de la pièce tandis que McCoy retournait mélancoliquement le cube dans sa main. La voix de la jeune femme, captive à jamais dans une sorte de parcelle glacée du temps, répétait encore : « Bientôt, chéri... Puis pour toujours. »

Kemal Marouk sortit du bâtiment du Gouvernement Mondial et traversa la ville pour rejoindre sa villa située à la périphérie de Timshel. Dans la douce chaleur, l'air limpide sentait la mer et le sel. Ses concitoyens se hâtaient vers leur travail sous le regard bienveillant des policiers en uniforme. Le scientifique hocha la tête comme pour signifier que tout était en ordre. *Tout va pour le mieux dans le meilleur des mondes possibles.*

Marchant d'un bon pas, Marouk atteignit le sommet de la falaise où était construite sa villa en pierre blanche, entourée d'un jardin parfaitement entretenu. La propriété était ceinte d'un mur de pierres, avec un seul portail d'accès.

— Bonheur, Lone, dit-il au policier de garde.

— Bonheur à vous, monsieur, répliqua automatiquement le policier avant de se reprendre : Désolé, monsieur, je voulais dire...

— Je sais ce que vous vouliez dire, Lone. Je prends ce souhait comme un vœu d'avenir.

Comme personne ne fermait rien à Timshel, pas même les portes, Marouk entra sans faire le moindre bruit. A peine avait-il pénétré dans l'antichambre qu'il fut bousculé par un tourbillon d'énergie à deux bras et à deux jambes. S'étant dégagé en riant, il leva à bout de bras une petite fille d'une dizaine d'années aux cheveux sombres coupés court et aux yeux verts.

— Noelle ! Que me vaut un tel accueil ?

— Tu es le meilleur papa de toute la galaxie ! s'écria la gamine, jetant les bras autour du cou de son père.

— Qu'as-tu fait aujourd'hui ? demanda Marouk en la reposant sur le sol.

Enlacés, le père et la fille entrèrent dans la salle de séjour qui occupait toute la largeur du bâtiment. De l'autre côté du patio donnant sur le jardin, de larges portes ouvraient sur un balcon surplombant une falaise et une petite plage de sable blanc.

— J'ai travaillé. Je veux que tu sois fier de moi ct je désire être une digne citoyenne de Timshel, le meilleur endroit de la galaxie, déclara fièrement Noelle.

— Je vois que tu te conduis tout à fait comme il faut ! répliqua son père en riant.

Lovée sur un divan en face de la cheminée, une jeune fille d'une quinzaine d'années leva les yeux de son livre imprimé. Le mur entourant la cheminée était couvert d'étagères dont la plupart contenaient des boîtes de disques d'informations. Un rayon, cependant, était destiné aux anciens livres. Il y en avait une trentaine ; les couvertures de plastique montraient qu'ils avaient fréquemment été consultés au cours des siècles.

— Et toi, Tandy ? demanda Marouk. As-tu également l'ambition d'être digne de ce monde ?

— Bonjour papa. Je sais que j'en suis digne, affirma la jeune fille. Mais je veux aussi que Timshel soit digne de moi.

— Il en sera ainsi, répondit son père, si j'y peux quelque chose.

— Et mon cher Kemal y peut beaucoup..., ajouta une voix derrière lui.

— Nous verrons bien, Marine. Ta confiance me fait chaud au cœur, dit Marouk en embrassant tendrement son épouse.

Marine avait de toute évidence transmis sa beauté à ses filles. Marouk était un homme élancé aux traits irréguliers et au teint olivâtre. Ce n'était pas un Apollon, mais il possédait un charme auquel personne ne restait insensible.

Le couple était resté très uni malgré les années. Main dans la main, Marouk et Marine traversèrent le couloir qui menait aux cuisines et à la salle à manger et entrèrent dans un bureau où l'odeur des fleurs et des plantes vertes se mêlait aux fragrances du cuir et du plastique. La pièce était remplie d'écrans, de lecteurs et de disques rangés dans des boîtes. Les époux s'enfoncèrent dans un grand sofa de cuir.

— Comment cela s'est-il passé, Kemal ? demanda Marine.

La question n'était pas innocente.

— Aussi bien qu'on pouvait l'espérer.

— Il vient ?

— Oui, l'*Entreprise* est en route.

— Et que cherche-t-il ?

— Quelque chose d'effrayant, sans doute...

— Il va avoir une surprise...

— J'espère qu'il y survivra, dit Marouk en enlaçant sa femme.

Spock, McCoy et Scotty attendaient avec Kirk dans la salle de téléportation. McCoy faisait la tête. Kirk savait ce que son ami pensait du téléporteur. Pour le médecin, la salle était remplie de fantômes de centaines d'humains et de non-humains ayant subi une désintégration, une analyse et une rematérialisation à distance. Les corps étaient venus et repartis, laissant leur essence immatérielle derrière eux. Certes, la plupart étaient revenus, mais qui pouvait dire si c'étaient les mêmes ? Des doubles parfaits, d'accord... Mais il existait des paramètres non mesurables. Qu'avait subi leur personnalité ? Qu'était-il advenu de leur « moi » ? Ou de leur âme, pour ceux qui y croyaient ?

Tout être vivant entrant dans un téléporteur devait se demander — même s'il y était passé des centaines de fois — si au retour un cheveu n'aurait pas disparu, ou s'il ne se retrouverait pas doté d'une cellule supplémentaire. Des modifications jusqu'alors imperceptibles ne deviendraient-elles pas un jour évidentes ? Que se passerait-il si une particule cosmique frappait l'ordinateur au mauvais moment ? Si un des millions de semi-conducteurs tombait en panne ?

Pour les gens comme McCoy, ces questions restaient posées. Les allergiques aux téléporteurs effectuaient impeccablement leur travail, tout en se demandant *in petto* l'intimité si les personnes qui les entouraient étaient vraiment *elles*.

— Eh bien, Scotty, qu'avez-vous prévu ? demanda Kirk, superbe dans son nouveau costume aux allures grecques.

— Ce que Spock appelle une manœuvre CAC, c'est-à-dire « crête-à-crête ».

— Spock ?

— C'est lui qui a proposé le truc, grommela Scotty, un peu boudeur. Mais c'est moi qui ai découvert comment ment l'appliquer.

— Et que signifie « une manœuvre CAC » ?

Scotty passa la parole au Vulcain, qui se tenait aux commandes du téléporteur.

— Si nous pouvions sortir de distorsion et y retourner en une ou deux secondes, le vaisseau ne pourrait être détecté, expliqua Spock.

— Avec seulement deux secondes de séjour dans l'espace normal, ajouta Scotty, un senseur pourra remarquer de légers « remous », mais il n'aura pas le temps de les analyser.

— Je vois, dit Kirk. Mais les moteurs peuvent-ils effectuer une manœuvre aussi rapide ?

— J'ai essayé, c'est possible.

— Sauf que..., ajouta McCoy en jetant un regard à Spock, ça donne la nausée aux humains.

— J'ai bien ressenti un léger malaise, approuva Kirk. Mais j'ai cru... Peu importe. Et on peut utiliser le téléporteur ?

— Il faut l'ajuster à la fréquence de la manœuvre, de façon à ce qu'il fonctionne en phase. C'est un peu risqué, admit Spock. Mais ne souffrant pas de nausée, je prendrai les commandes afin qu'il n'y ait pas d'accident.

— Bien. Tout est donc prêt, sauf en ce qui concerne Uhura, fit remarquer Kirk.

— Me voilà, dit Uhura en entrant, une boîte dans les bras. Votre protection, capitaine. (Puis, voyant la façon dont Kirk était vêtu, elle ironisa :) Jambes nues et sandales... Vous êtes certain que c'est la mode sur Timshel ?

— J'avais évité le sujet, intervint McCoy.

— Certaines personnes ne devraient pas porter de vêtements qui découvrent les genoux, ajouta Scotty en souriant pour la première fois.

Plissant le nez pour toute réponse, Kirk prit la boîte et l'ouvrit. Elle contenait un bracelet semblable à une montre avec un gros rubis synthétique au milieu.

— Très bien, dit Kirk en le mettant à son bras. La parfaite imitation d'un bijou de Timshel.

— Avec quelques différences notables, expliqua Uhura. La pierre peut effectuer jusqu'à douze heures d'enregistrement et, avec le bracelet, elle sert d'émetteur.

Elle envoie les données en quelques secondes. Nous recevrons le message et le passerons au ralenti pour pouvoir le lire.

— Nous ferons coïncider l'émission avec notre manœuvre CAC, expliqua Scotty. Pour sortir de l'espace de distorsion, capter l'enregistrement, et le ramener.

— C'est le plan, confirma Uhura.

— J'y vais, annonça Kirk en mettant son bracelet.

Il se dirigea vers l'estrade, mais McCoy l'arrêta.

— Une dernière fois, Jim, laissez partir quelqu'un d'autre.

— Je suis le seul qualifié.

— Je n'aime pas cette histoire, insista McCoy. Timshel est trop belle. Une menace mortelle y passerait inaperçue. Nos agents ont disparu, ne l'oubliez pas...

— Vous est-il déjà arrivé de ne pas avoir envie de revenir d'une expédition ? demanda Kirk avec un sourire. Souvenez-vous que j'ai l'émetteur, ajouta-t-il en prenant place sur l'estrade. Et je possède un autre atout : personne ne m'attend. Quand vous voudrez, Spock.

— Au revoir, capitaine, dit le Vulcain.

Il appuya sur le bouton. Les membres d'équipage eurent un accès de nausée. La silhouette de Kirk se désintégra et disparut.

Un fantôme était descendu dans la nuit.

[MESSAGE RADIO SUBSPATIAL]
<interrogation vaisseau interstellaire>
>réponse
vaisseau interstellaire<
<confidentiel sub-circulation>
>confidentiel sub-circulation accepté<

CHAPITRE II

DANI

Un frisson agita les branches dans un coin du jardin. Tournant la tête, le policier de garde aperçut un homme près d'un massif de tulipes.

— Monsieur ? dit-il.

— Pardon, vous me parlez ?

— C'est une résidence privée, monsieur. Je dois vous demander votre identité et vous prier de quitter les lieux.

— Je suis un ami des Marouk.

— Je n'ai pas été prévenu de votre arrivée, dit poliment le garde. Je vous demande encore une fois de décliner votre identité et de quitter les lieux.

— Un citoyen de Timshel a le droit inaliénable de circuler partout, répondit l'inconnu.

— Depuis quand un citoyen de Timshel refuse-t-il d'obéir aux ordres des autorités ? Et que signifie ce costume antique ?

— La façon dont je m'habille ne regarde que moi. Depuis quand un représentant des autorités est-il affecté à la garde d'une propriété privée ?

— Si vous ne connaissez pas la réponse à cette question, c'est que vous n'êtes pas citoyen de Timshel, répondit le policier. Pour la troisième fois, je vous demande...

— Votre intervention ne sera pas appréciée des Marouk que vous prétendez servir...

La porte vitrée de la maison s'ouvrit. Une femme avança, la main en visière.

— Jim, vous êtes là ?

— Oui, Marine, répondit Kirk.

— Vous connaissez cet homme ? s'exclama le policier.

— Bien sûr. Il vient de sortir faire un tour dans le jardin. C'est un ami, Jim Kirk. Je vous prie d'être courtois avec lui, Lone.

— Soyez remercié de votre vigilance, ajouta Kirk. Ils sont entre de bonnes mains. (Il prit la femme par les épaules et l'embrassa sur les deux joues.) Merci Marine. Au fait, comment savais-tu... ? souffla-t-il.

Ils entrèrent et Marine ferma la baie vitrée.

— Kemal a dit que tu n'allais pas tarder. Tu le connais, il se trompe rarement. Quand j'ai entendu le policier parler à quelqu'un, j'ai compris.

— Tu vois l'avantage d'avoir une bonne épouse, fit Marouk, debout près de la cheminée. J'ai toujours dit que c'était la seule chose qui te manquait...

— Il n'y a qu'une Marine, répliqua Kirk. Ainsi, vous m'attendiez ?

— Qui d'autre la Fédération pourrait-elle envoyer pour découvrir la raison de l'isolement de Timshel ?

— Pour commencer, elle a dépêché deux agents...

— Puis le capitaine Kirk pour découvrir où ceux-ci étaient passés. Il suffisait de calculer au bout de combien de temps...

— Que se passe-t-il ici, Marouk ?

— Mon ami, répondit l'homme, nous ne faisons pas honneur à notre réputation d'hospitalité ! Veux-tu manger ou boire quelque chose ?

— Volontiers. Un peu de votre délicieux café tim-shellien, par exemple...

— Bien sûr, dit Marine en se dirigeant vers la cuisine. J'en avais préparé spécialement pour toi.

— Tu n'as pas répondu à ma question, Marouk.

Une jeune fille portant une tasse de café fumant fit son entrée, suivie d'une gamine turbulente.

— Voici Tandy et Noelle, tes ferventes admiratrices, annonça fièrement Marouk.

— Comme elles ont grandi en six ans ! s'exclama Kirk en embrassant les deux enfants.

— J'avais quatre ans, dit Noelle en lui entourant le cou de ses petits bras, mais je me souviens très bien de toi. Tu étais simple lieutenant et maintenant, te voilà capitaine. J'étais amoureuse de toi. Tandy aussi, mais elle ne veut pas l'admettre.

— Tais-toi, petite peste ! souffla sa sœur en rejoignant son père. Laisse le pauvre homme boire en paix.

La gamine relâcha son étreinte, mais s'assit tout contre Kirk sur le canapé. Heureux et détendu dans cette ambiance familiale, le capitaine but une gorgée du liquide noir et brûlant.

— Vous ne pouvez pas savoir combien j'ai souffert quand Timshel a cessé d'exporter son café... Vas-tu enfin répondre à ma question, mon ami ?

— Plus tard, dit Marouk après un regard à Noelle.

— Raconte-moi au moins ce qui est arrivé à mes prédécesseurs.

— Rien. Le premier, Stallone Wolff, est le policier qui monte la garde à la porte.

— Oh ! J'aurais dû le reconnaître...

— L'uniforme, ça change un homme.

— Et l'autre ?

— Je suis ici, Jim, dit une voix féminine.

Kirk faillit renverser sa tasse. Près de Marine se tenait la femme du cube holographique.

La superbe jeune femme aux cheveux bruns portait un jean et une blouse bleue qui ne dissimulait pas complètement ses formes. Elle souriait, et ce sourire la faisait ressembler à un ange. Kirk se précipita vers elle.

— Dani..., dit-il en la prenant dans ses bras.

— Jim..., souffla-t-elle en lui tendant ses lèvres.

Un instant, Kirk oublia tout, sauf le plaisir de serrer ce corps voluptueux contre le sien. La parenthèse fut courte.

— Qu'est-il arrivé ? demanda le capitaine en étudiant les vêtements de Dani.

Avant, la jeune femme aimait toujours être à la dernière mode.

— Rien..., dit-elle. Et tout.

— Vous devriez aller dans le bureau, suggéra Marine. Je suis certaine que vous avez beaucoup de choses à vous raconter.

— Viens, Jim. Suis-moi, dit Dani d'une voix rauque en prenant la main de Kirk.

Une fois dans la pièce, la jeune femme ferma la porte — qui grinça légèrement — et se jeta dans les bras de Kirk. Cette fois, ce fut un vrai baiser, ferme et exigeant, chaud et voluptueux.

Lorsque leurs lèvres se séparèrent, elle murmura :

— C'est bon de te revoir, Jim. Tu ne peux savoir combien tu m'as manqué !

— Tu n'aurais pas dû partir...

— C'est vrai, acquiesça Dani en fronçant le nez. J'ai fait un choix. Mais quand tu sauras, tu ne m'en voudras pas. Je savais que tu viendrais, que nous serions de nouveau réunis... Et que tu ferais le même choix. Tu te rappelles cet hologramme ridicule que je t'ai donné ? « Puis pour toujours. »

— C'est pour ça que je suis venu, répondit Kirk. Je veux comprendre. Mais Kemal élude mes questions.

— Parce que la réalité est indescriptible, soupira Dani en le poussant sur le canapé.

Kirk passa son bras droit autour de la taille de sa compagne. Le geste fit tinter son bracelet.

— Ça me fait penser... Pourquoi les Marouk ne portent-ils pas de bracelet ?

— Tandy et Noelle ne sont pas assez grandes, répondit Dani comme si cela expliquait tout. Quant à Marine et Kemal, tu ferais mieux de le leur demander.

— Jamais de réponse précise ! Mais dis-moi ce qui vous est arrivé... à toi et Wolff. Pourquoi n'avez-vous pas fait vos rapports ?

— Je l'ai fait !

— Une seule fois. Et puis plus rien !

— Comme tu peux le constater, il n'y a rien à dire. Nous allons très bien et nous sommes heureux.

— Et pourquoi Timshel s'est-elle coupée du reste du monde ? Où est la réponse que vous étiez censés chercher ?

— Oh, ça ! dit Dani avec un geste négligent de la main. Inutile d'envoyer un rapport que personne ne croirait. Et si on y croyait, la réaction serait pire : Timshel serait submergée d'immigrants. Il valait mieux se taire. Kemal a dit que ça te ferait venir.

— Il a eu raison. Mais parle, maintenant. Je te croirai.

Dani poussa un profond soupir et s'enfonça dans le canapé.

— D'accord. Tu vois, il y a ici quelque chose de tellement merveilleux que rien au monde ne lui arrive à la cheville...

— Mieux qu'un délicieux repas ?

— De loin !

— Mieux que du café timshellien ? Mieux que d'être près de la personne qu'on aime ? (Dani acquiesça.) Mieux que l'amour ?

— Oh, Jim. Tu poses trop de questions !

28

La jeune femme posa ses lèvres sur celles de Kirk de façon à lui faire entrevoir ses rêves. Leur baiser fut interrompu par un son étrange qui emplit toute la pièce. Dani s'arracha à l'étreinte de Kirk et regarda son bracelet : le rubis clignotait. Elle bondit sur ses pieds et chercha quelque chose du regard.

— Dani ! Que se passe-t-il ? s'écria Kirk.

— Rien, dit la jeune femme en se dirigeant vers une couchette. Rien du tout. *C'est la paie.*

Elle s'étendit et approcha le rubis d'une cavité ménagée dans le flanc du lit. La pierre s'inséra parfaitement dans la prise. Aussitôt, la jeune femme fut enveloppée d'une lueur rosée ; son corps se raidit comme au paroxysme de la passion et son visage prit une expression extatique.

Paralysé d'horreur, Kirk ne put que regarder la scène, qui dura quelques minutes. Puis, brutalement, le corps de la jeune femme se détendit ; ses paupières se baissèrent et son souffle devint régulier comme celui d'un dormeur.

Kirk approcha et la secoua doucement en l'appelant par son nom. Pas de réaction. Il essaya de dégager le bras de la jeune femme de l'alvéole mais ce fut peine perdue.

— Dani ! gémit-il.

Au moment où il ouvrit la porte, Tandy passait dans le couloir.

— Tandy ! appela-t-il. Vite ! Dani a un problème !

Arrivée au chevet de la belle endormie, la jeune fille sourit.

— Elle va très bien. Elle vient de recevoir sa paie.

— La paie ! C'est ce qu'elle a dit...

— Les gens ont toujours cette réaction. Comme elle a l'air heureuse, n'est-ce pas ? Demain elle se réveillera en pleine forme, aussi joyeuse qu'après un

rêve magnifique. Oh ! Que j'ai hâte d'avoir seize ans !
J'aurai enfin un travail, un bracelet et une paie !

— Que signifie *une paie ?*

— Je ne sais pas exactement. Mais tout le monde
dit qu'il n'existe rien de mieux. C'est si merveilleux
que c'est difficile à expliquer, et chacun en veut une. Je
ne pense qu'à ça...

L'enthousiasme de la jeune fille ajouta encore à la
confusion de Kirk.

— Où est ton père ? demanda-t-il.

— Dans le salon, dit Tandy en sortant.

La paie... murmura le capitaine en entrant dans la
pièce. Son ami l'attendait dans un fauteuil, près de la
cheminée.

— Maintenant tu as vu ce qu'il m'est impossible de
décrire..., soupira Marouk.

— J'ai vu *quelque chose*, mais je ne comprends
rien, protesta Kirk en s'asseyant.

— Il est arrivé un événement d'essentiel depuis ton
départ. C'est ce qui nous a menés au blocus et à ce que
tu viens de voir.

— Je n'arrive pas à y croire. Dani est devenue une
autre...

— Ce n'est pas totalement exact. Une personne ne
devient jamais que ce qu'elle *peut* être, si elle en a le
potentiel. C'est bien Dani que tu as vu, mais une Dani
en proie au bonheur total.

— Le bonheur !

— Oui. Le bonheur intégral, la félicité sans
mélange, la joie parfaite. Le plaisir à l'état pur.

Kirk resta un moment silencieux. Marouk expliqua :

— Il y a environ six ans, un philosophe timshellien,
Emmanuel DeKreef, déclara que la vie sur Timshel
était trop facile et que cette existence hédoniste finirait
par ronger la fibre morale de la population. Il expliqua

que le futur de Timshel ne pouvait être qu'une lente détérioration...

— Quantité de prophètes ont prévu la même chose au cours des siècles, répliqua Kirk. Parfois, d'ailleurs, ils n'avaient pas tort. Mais Timshel ne ressemble à aucun autre monde...

— C'est vrai que nous avions une existence remarquable. Mais nous ne nous contentions pas d'en profiter, nous voulions la développer. DeKreef ne voyait pas les choses ainsi. Il se mit à dénoncer notre mode de vie avec véhémence, déclarant que Timshel avait besoin de revenir aux anciennes vertus. Il nous exhorta à émigrer vers une autre planète où les gens devaient travailler et combattre pour survivre.

— Et il a eu des partisans ?

— Pas beaucoup. Il fut conspué et, enfin, exilé sur sa propre planète. Mais cela ne fit que l'encourager.

— Je vois... Il a mis au point ce que j'ai vu sur Dani !

— Exact. L'évolution s'est produite il y a environ deux ans...

— Quel rapport avec le travail et le retour aux anciennes vertus ?

— Le bonheur est possible, mais il faut le mériter. En accomplissant le travail désigné, les habitants accumulent des points. Au bout d'un certain nombre (tout dépend du travail), le bracelet les prévient, et ils s'allongent sur le divan de paie le plus proche.

— Mais c'est épouvantable ! s'écria Kirk.

— Nous n'avons ni criminalité ni délinquance, ni péché, ajouta doucement Marouk.

Kirk ignora l'objection.

— Le travail perd tout son sens ! Il ne devient qu'un moyen d'obtenir un salaire ! C'est un cercle vicieux : travail, salaire, travail, salaire...

— Et nous sommes piégés. Mais ce n'est pas si loin du système qui a duré des centaines de siècles dans l'histoire de l'humanité...

— Certes... avec une différence majeure ! objecta Kirk. Les gens ont toujours eu la possibilité de rompre ce cercle. Ici, il n'y a pas d'alternative. Il est impossible que DeKreef ait voulu cela !

— La solution est peut-être trop parfaite. Mais Timshel était si merveilleuse qu'il a fallu inventer quelque chose d'encore mieux. DeKreef a trouvé : le bonheur, la félicité totale sans intermédiaire, une décharge d'endorphines sans effets secondaires. Elle fortifie le corps, tonifie les nerfs et entretient la circulation...

— Pourquoi ce sommeil ?

— Imagine ce que serait le réveil dans le monde imparfait après un tour au paradis.

— Je comprends pourquoi Timshel s'est coupée du reste de la galaxie.

— Nous sommes dans le pétrin, Jim. Tu es le seul à pouvoir nous aider. C'est pour cela que j'ai tout fait pour que tu viennes.

— J'ai encore un million de questions...

— Plus tard, Jim. Tu dois te reposer. Demain, Tandy et Noelle te feront faire le tour de la ville.

Marouk emmena Kirk dans la chambre d'amis située dans une aile de la demeure familiale. La baie vitrée ouvrait sur l'océan. Le capitaine resta un long moment à méditer. La configuration du ciel était très différente de celle qu'on avait sur Terre. Ici, il y avait trois petites lunes.

Kirk avait vu des centaines de ciels nocturnes ; jamais il n'en avait préféré un. Ses pensées revinrent aux événements du jour, et il voulut en avoir le cœur net. Dans la maison silencieuse, il retourna vers le bureau. Dani était toujours allongée sur le divan, le bras dégagé de la prise du rubis. Elle avait l'air si paisible...

Face à la femme qu'il avait tant aimée, Kirk réalisa qu'il ne connaissait même plus la nature de ses sentiments. Pouvait-il être amoureux de quelqu'un qui jouissait dans les bras d'une machine ? La connaissait-il vraiment, cette étrangère ?

Conscient du ridicule de sa tristesse alors que tout Timshel exultait de bonheur, Kirk retourna dans sa chambre, en proie à une douloureuse confusion. En entrant dans la pièce, il l'inspecta soigneusement mais ne trouva aucun circuit d'observation, aucune trace de micro. Pourtant, il se coucha avec méfiance.

Incapable de s'endormir, il tourna et retourna des milliers de questions dans sa tête. Pourquoi Wolff montait-il la garde devant le portail ? Pourquoi Marine et Marouk ne portaient-ils pas de bracelet ? Comment la paie était-elle calculée ? Comment était envoyée la décharge électronique ? Où se trouvait Emmanuel DeKreef ? Comment rompre ce cercle vicieux ? Ce n'était certainement pas aussi difficile que le prétendait Marouk...

Kirk finit par s'assoupir.

De retour dans l'espace de distorsion, Spock, McCoy et Uhura étudiaient l'enregistrement envoyé par Kirk. La bande lue par ordinateur était affichée sur l'écran, les images étant multipliées par les facettes du rubis derrière lequel avait été placée la lentille. Le monde semblait vu par les yeux d'une mouche, mais la voix était claire.

— Je n'arrive pas à y croire, déclara Uhura.
— Vraiment remarquable, apprécia Spock.
— Je veux dire... Dani « ravie » comme ça !
— En effet.

Uhura admira la logique du Vulcain qui avait aussitôt analysé le caractère *erroné* du comportement de Dani.

— C'est sans doute pire que ce que nous supposons, intervint McCoy.

— Pensez-vous que la lumière rose joue un rôle dans le phénomène ? demanda Spock.

— Possible. C'est peut-être aussi un effet secondaire, ou un aspect superficiel du processus.

— Quel processus ? s'enquit Uhura.

— DeKreef a trouvé un moyen de télésstimuler les centres du plaisir du cerveau. J'ai déjà vu faire ça avec des électrodes, mais jamais à distance.

Uhura fronça les sourcils.

— Les centres du plaisir ?

— Vers la fin du XXe siècle, dit McCoy, les chercheurs ont découvert que le cerveau comportait des zones dont la stimulation produisait une sensation de plaisir.

— Un bon moyen d'inciter les gens à avoir des activités bénéfiques à leur organisme, déclara Spock.

— Des expériences ont montré qu'un groupe de protéines — les endorphines — se collaient aux récepteurs cervicaux pour produire une sensation de plaisir et de bien-être, ou pour réduire la sensation de douleur, dit McCoy.

— Ah oui, je me souviens ! s'écria Uhura. C'est ainsi qu'agissent les narcotiques.

— Exact : certains narcotiques, comme les dérivés de l'opium, produisent cet effet. C'est la raison de l'engouement pour les drogues : la gratification sans effort. Des expériences ont été effectuées sur des rats qui devaient appuyer sur une pédale pour obtenir une dose...

— Et alors ? demanda Uhura.

— Ils sont tous devenus accros.

— Mais c'est affreux ! Même pour des rats !

— Ce qui est encore plus affreux, dit McCoy, c'est que quelqu'un ait réussi à faire fonctionner ce système à distance sur des humains.

— Et le sommeil induit ?

— Même chose : une stimulation électrique du cerveau.

— Peut-être est-ce une réponse, suggéra Spock. Mais ce n'est sans doute pas la seule. Avant d'agir, nous devons savoir s'il est possible de projeter un champ ou une onde capable de copier l'effet d'une électrode.

— Difficile d'imaginer comment, protesta McCoy.

— Qu'en dit l'ordinateur ? demanda le Vulcain.

— Un projecteur de ce genre est théoriquement concevable, répondit celui-ci.

— Scotty et moi pouvons étudier la question, soupira McCoy. Mais si nos suppositions sont justes, ce procédé peut être plus dangereux que la plus mortelle des armes. L'humanité a survécu aux pires moyens de destruction, mais elle risque de ne pas résister à la promesse d'un bonheur parfait.

Les membres d'équipage retournèrent chacun à leur poste pour se préparer à la prochaine *embardée*... qui les rendrait malades et leur apporterait de nouvelles informations.

[MESSAGE RADIO SUBSPATIAL]
<objectif ordinateur vaisseau interstellaire
 interrogation>
>objectif ordinateur vaisseau interstellaire
maintien de la vie
fonctionnement du vaisseau
objectif ordinateur Timshel interrogation<
<bonheur humain>
>interrogation<

CHAPITRE III

TIMSHEL-VILLE

Quand Kirk s'éveilla, le soleil était encore bas dans le ciel. Par la fenêtre ouverte montaient d'étranges gazouillements et une délicieuse odeur d'herbe. Après des mois passés dans l'espace confiné de l'*Entreprise,* Kirk resta un moment à s'étirer et à jouir de l'air parfumé. Les événements de la veille lui revenant à la mémoire, il bondit hors du lit.

En sortant de la douche, il trouva de nouveaux vêtements sur son lit : un pantalon étroit en tissu bleu soyeux et une blouse à manches longues, un peu plus claire. Comme ceux qu'il avait vus portés par Dani la veille. La tunique grecque avait disparu.

Dans la cuisine, toute la famille déjeunait, à l'exception de Noelle.

— Elle est allée se baigner, expliqua Marouk.

— Y a-t-il des prédateurs marins ici ? demanda Kirk. Il me semble avoir entendu de drôles de bruits hier soir.

— C'était un wampus, déclara Tandy.

— Un animal marin inoffensif, ajouta Marouk. A mi-chemin entre le marsouin et la baleine. De temps en temps, ces bestioles approchent du rivage sans que nous sachions pourquoi. Veulent-elles nous dire quelque chose ? Savoir ce que nous faisons là ? On croirait qu'elles cherchent le contact. Elles empêchent les prédateurs d'approcher... La vie dans l'océan ne nécessitant pas de langage élaboré, leur mode de communication se limite à des signaux comme « danger, nourriture, ici, là, viens, pars »... Mais nous supposons qu'elles possèdent une intelligence supérieure. Avant la révolution DeKreef, un groupe de xénobiologistes avaient failli établir la communication avec elles.

— L'expérience a pris fin ? demanda Kirk. (Il s'assit, et Marine lui versa un verre de jus de fruit.) Encore un charme de Timshel, apprécia-t-il après l'avoir bu. Le raisin au goût de nectar...

— Beaucoup de choses ont changé ici, soupira Marouk. Les travaux les plus fascinants n'intéressent personne. Mais tu le verras par toi-même.

— Révolution ou pas, la découverte d'une intelligence extra-humaine doit rester une priorité, affirma Kirk.

— Nous avons une comptine sur le wampus, dit Marine. Ecoute.

Tandy récita :

— *« Le wampus est un animal étrange*
Qui vit dans l'eau et respire de l'air.
Mon désir le plus fort, mon désir sans mélange,
C'est de parler avec lui dans le bleu de la mer. »

— Quand il existe une priorité absolue, commenta Marine, le reste ne compte plus.

— Mange et bois, ajouta Marouk. Quand tu auras fini, les filles t'emmèneront faire un tour.

Tout en terminant son déjeuner, Kirk désigna ses habits.

— Pourquoi ?

— C'est ce que portent les citoyens de Timshel, expliqua son ami.

— Un uniforme ? s'étonna Kirk. Je ne pensais pas que les Timshelliens, qui tenaient tant à leur indépendance, accepteraient une telle contrainte !

— C'est plutôt un *consensus* qu'un uniforme, intervint Marine. Les pantalons s'appellent des « jeans ». La blouse va souvent avec. C'est ce que portaient les gens au XXe siècle sur Terre. Le jean symbolisait le travail et la solidarité avec la classe laborieuse, comme la tunique grecque ou la toge romaine symbolisaient les loisirs et l'art de vivre.

— C'est pour ça que Wolff a qualifié ma tunique d'antique ?

— Plus personne ne s'habille ainsi. Ça rappelle trop les loisirs, déclara Tandy. C'était bon dans un monde révolu.

— Pourtant, aucun de vous ne porte de jeans ni de blouse de travail ?

— Noelle et moi sommes trop jeunes pour travailler, répondit amèrement Tandy.

— Quant à Kemal et à moi, nous ne sommes pas autorisés à le faire, ajouta Marine.

Les parents portaient une chemise et un pantalon blancs, pas du tout coupés pour le travail. Tandy arborait un T-shirt rouge et un caleçon rose.

— Que signifie « nous ne sommes pas autorisés » ?

— C'est pour cela que nous n'avons pas de bracelet, reprit Marouk en levant une main pour empêcher Kirk de continuer à poser des questions. Nous t'en avons peut-être trop dit ; je ne veux pas que nos explications t'empêchent d'observer librement.

— Il m'étonnerait que...

Vêtue d'orange et de jaune, Noelle entra en se frottant la tête avec une serviette.

— Es-tu prêt pour le grand tour, oncle Jim ?

— Oncle ? s'étonna Kirk.

— Puisque tu ne peux pas être mon petit ami, tu seras mon oncle, déclara la gamine.

— D'accord. Mais où est Dani ?

— Elle est allée travailler, répondit Marine.

— Travailler ? Sans me dire au revoir ?

— Le travail avant tout, déclara sentencieusement Tandy.

Sans doute la « priorité absolue » dont parlait Marine... Quel genre de travail ?

Kirk secoua la tête.

Plus important que de lui dire au revoir ?

Ils se dirigèrent vers le centre de la ville. Tandy marchait près de Kirk et Noelle était pendue à son bras, ne cessant de commenter ce qu'ils voyaient. La cité n'était pas grande ; sa population ne devait pas dépasser cent mille âmes. Tandy expliqua que Timshel comptait un million d'habitants, presque tous descendaient des deux mille colons d'origine. Le nombre initial avait rapidement été réduit à quinze cents par les accidents et les maladies, avant que les scientifiques ne réussissent à neutraliser les virus et les bactéries étrangers à la planète.

Les immigrés s'étant installés le long des côtes, leur colonie ressemblait à un grand serpent assoupi au bord de la mer. Ils n'avaient pas besoin de transports publics : les véhicules individuels étaient réservés aux handicapés, qui n'étaient pas nombreux, attendu les progrès de la médecine.

— Athènes n'était pas plus grande quand les Grecs ont bâti la civilisation occidentale, déclara Kirk. Et Rome était minuscule quand elle a conquis le monde.

Aucun véhicule ne les dépassa sur le grand boulevard bordé de chênes importés de la Terre. Au croisement suivant, les promeneurs longèrent des parcelles de terre où les habitants cultivaient ardemment des légumes. Chaque parcelle était sous la surveillance d'un policier.

— Il me semble que c'était une aire de jeux ici ? s'étonna Kirk. Et là, un parc avec des arbres et des fleurs ?

— Les aires de jeux et les parcs ne demandent pas beaucoup d'entretien, expliqua Tandy. Et les gens n'ont plus le temps d'en profiter : les adultes travaillent, les enfants étudient.

— Qu'étudient-ils ?

— La façon de devenir des adultes laborieux, répondit Tandy sur un ton légèrement envieux.

— Et pourquoi les adultes cultivent-ils des légumes ?

— Parce qu'ils le *veulent*, dit Noelle. Les gens se bousculent pour s'occuper des potagers : le travail manuel rapporte plus de points.

— Ah ? Les policiers ne sont donc pas là pour surveiller la bonne marche des activités ?

— Pas comme tu le crois : ils vérifient que les gens n'en fassent pas trop. Tu vois ? Cet homme-là, sous l'arbre, a été *obligé* de s'arrêter. Un peu plus tard, il y aura la pause obligatoire pour se désaltérer et évacuer et, à midi, la pause repas. Même ceux qui habitent tout près apportent des sandwiches pour perdre moins de temps.

— Je vois, grogna Kirk. DeKreef a restauré la bonne vieille éthique puritaine. Pas étonnant qu'il n'y ait pas de délinquance : les gens n'ont ni le temps ni l'énergie.

— Le Grand Rétributeur nous donne des directives au moment de la paie, reprit Tandy.

— Le Grand Rétributeur ?

— Oui, il est devenu le Grand Rétributeur après la révolution.

— Quelle sorte de révolution ?

— Ce n'était pas une vraie révolution, pas comme avant, expliqua Noelle. Il n'y a pas eu de combats ni d'effusions de sang. Une série de discours, une démonstration de l'invention du Grand Rétributeur... Et hop, c'était fini. Le monde était converti à une nouvelle vie. Les habitants avaient un nouveau but dans l'existence, vingt-quatre heures sur vingt-quatre ou presque. C'est ce que nous apprenons à l'école...

— Quand arrivent des colons isolés ou des chasseurs, ils sont aussitôt convertis, ajouta Tandy. Mais c'est de plus en plus rare. Timshel a créé des équipements pour les autres villes, et de moins en moins de gens peuvent se couper de la civilisation.

— Et de la paie ! dit Noelle avec enthousiasme.

Je dois rencontrer le Grand Rétributeur, se dit Kirk. *Les adultes ont peut-être encore le choix, mais il faut absolument soustraire les enfants à ce système démoniaque.*

Les places et les parcs du centre-ville avaient été transformés en potagers. Tout était devenu fonctionnel.

La seule activité était le travail ; le seul but, la paie.

Dans le centre, les occupations des habitants différaient. Il y avait le balayage des rues, le lavage des façades et des fenêtres, le polissage des ornements en cuivre. Dès qu'un grain de sable touchait les pavés, il était balayé. Dès qu'une trace de pas s'imprimait sur une dalle de marbre, elle était essuyée. Les feuilles et brindilles dispersées par le vent étaient aussitôt attrapées et jetées dans des poubelles. Les gens ne s'adressaient la parole que pour demander aux gêneurs de s'écarter.

Kirk vit un citoyen approcher d'un policier, insérer son rubis dans une prise fixée à la ceinture du représentant de l'ordre, attendre un moment et s'en aller, écœuré. D'autres l'imitèrent.

— Que font-ils ? demanda le capitaine.

— Ils ont fini leur journée. Ils ont certainement commencé très tôt, répondit Noelle.

— Les places sont rares, expliqua Tandy. On n'a pas le droit de travailler plus de huit heures. Ils pointent grâce à l'appareil intégré à la ceinture du policier.

— Et qui fait les comptes ?

— C'est automatique. A la fin de la journée, l'ordinateur calcule les heures.

— Et la paie aussi ?

— Je suppose, dit Tandy. On ne nous en parle pas...

— Naturellement. Mais si un ordinateur s'occupe de tout, quelle est l'utilité d'un Grand Rétributeur ?

— Peut-être doit-il autoriser ou confirmer les transferts ? En fait, personne n'en sait rien. Du moment que la paie arrive...

— Oui, quelqu'un doit bien être responsable, intervint Noelle. Pour s'assurer que tout se passe comme il faut.

— Je suppose que certaines personnes essaient de tricher, d'obtenir plus que leur dû ? avança Kirk.

— Personne n'oserait ! s'exclama Tandy, horrifiée.

— Oh là là ! ajouta Noelle en jetant un regard à sa sœur, les fraudeurs risqueraient d'être complètement débranchés !

— Tais-toi, Noelle ! s'écria Tandy. Tu es jalouse parce que je n'ai plus qu'un an à attendre !

Pour toute réponse, la petite tira la langue à sa sœur. Les cafés et les restaurants étaient tous vides ou fermés. Kirk ne posa pas de question : la révolution en était la cause. Plus loin, ils arrivèrent devant un bâtiment public.

— J'aimerais jeter un coup d'œil à la bibliothèque, déclara Kirk.

— Elle a été transformée en usine, l'informa Tandy.

— Les disques, les livres ?

— Rangés quelque part, sans doute.

— Toutes les données sont enregistrées sur l'ordinateur, ajouta Noelle, si quelqu'un veut s'en servir. Mais bien entendu, personne n'en a envie, à part les élèves. Nous utilisons surtout les bandes éducatives.

— Et les musées, les théâtres ?

— Fermés.

— Les universités, les laboratoires ? Fermés aussi, je parie.

— Personne n'a plus le temps d'y aller, dit Noelle, sentencieuse.

— Pourtant... Si le travail est rare, ces établissements pourraient en procurer, non ?

— Nous devons être fonctionnels, servir la société, répondit Tandy en fronçant les sourcils. Si les laboratoires ou les théâtres sont inutiles, s'y affairer n'est pas du travail. On nous l'apprend à l'école.

— Un merveilleux système matérialiste, ironisa Kirk. Il est temps que je rencontre les responsables.

— Qui ça ? demanda innocemment Tandy.

Ils se trouvaient devant un immeuble de cinq étages. Des marches de marbre menaient à une splendide colonnade. Sur le fronton, on lisait : « Gouvernement Mondial. »

Kirk monta l'escalier, suivi par les fillettes. Les portes métalliques s'ouvrirent et la lumière s'alluma au plafond. Le hall gigantesque était éclairé par un chandelier central ; des appliques murales illuminaient le plafond. Sur les murs, des fresques illustraient le débarquement des colons, l'exploration de Timshel et la construction de la cité — reliques de l'époque où la planète était enviée par toute la galaxie.

Les pas des trois visiteurs résonnèrent dans l'immense salle vide. Une porte s'ouvrait dans chaque mur. Kirk se dirigea vers celle de droite. La porte s'entrebâilla, et la

44

lumière s'alluma toute seule. Le capitaine s'arrêta sur le seuil ; la pièce était aussi déserte que le hall. Il essaya les autres, sachant déjà qu'il ne trouverait rien de plus. Puis il se tourna vers Tandy et Noelle, terrorisées.

— Plus personne ne vient ici, balbutia Noelle.

— Le gouvernement est inutile, expliqua sa sœur.

— Quelqu'un doit quand même s'occuper des affaires publiques. Comment les policiers sont-ils rémunérés ? Comment collecte-t-on les impôts ? demanda Kirk.

— Tout est automatisé, répondit Tandy. On remplit un formulaire ; on en reçoit un autre qui indique le travail à faire. Les services publics marchent comme ça aussi. Et personne ne paie d'impôts.

Kirk avait toujours réussi grâce à son entêtement. Il voulait aller jusqu'au bout.

— Ce bâtiment a cinq étages ; il doit bien y avoir des combles...

Il approcha de la porte qui faisait face à l'entrée. Celle-ci s'ouvrit, découvrant un escalier que Kirk emprunta avec les gamines, peu rassurées.

En haut se trouvait une petite pièce poussiéreuse à l'aspect abandonné. Au milieu trônait un ordinateur de taille moyenne, couvert de métal perforé. Un ventilateur ronronnait en continu. De petites lampes clignotantes prouvaient que la machine était branchée. Il faisait si chaud que Kirk sentit la transpiration lui couler dans le dos.

— Ordinateur... Réponds-tu aux stimulations vocales ?

— Mise... en... route, répondit la machine avec la voix d'un vieillard resté trop longtemps silencieux. (Au bout d'un moment, elle reprit :) Que voulez-vous savoir ?

— Es-tu le responsable ici ?

— Je suis le serviteur du peuple.

— Où sont les autres fonctionnaires ?

— Ils sont inutiles.

— N'est-ce pas un peu présomptueux ?

— Je donne les faits, pas mon opinion.

— Tu as la responsabilité de la planète sur tes épaules...

— Je n'ai pas d'épaules. Je sers de mon mieux.

— Purification de l'eau ?

— Oui.

— Canalisations des eaux usées ?

— Oui.

— Communications ?

— Oui.

— Transports ? Contrôle de l'air ?

— Oui.

— Classification des travaux ?

— Oui.

— Assignation des tâches ?

— Oui.

— Ça fait beaucoup pour un si petit ordinateur...

— Petit, mais puissant et bien conçu.

Kirk prit une grande inspiration.

— Tu enregistres la productivité de chaque citoyen ?

— Oui.

— Et c'est toi qui envoies la paie ?

— Oui.

— Comment t'appellent-ils ?

— La Machine à Bonheur.

McCoy se détourna de l'image projetée sur l'écran.

— Jim est imprudent, dit-il à Spock. Bien que de petite taille, cette machine est très puissante.

— Si DeKreef a réussi à exploiter le phénomène de supraconductivité à la température dite *ambiante* — soit entre moins dix et cinquante degrés —, elle peut être dangereuse, approuva le Vulcain. Le capitaine prend des risques en la provoquant, même s'il croit que l'audace est la clé du succès.

— Ordinateur, la Machine à Bonheur est-elle capable de remplir les fonctions dont elle se prétend responsable ?

— Sa puissance n'est pas définie par ses dimensions apparentes, répliqua l'ordinateur de l'*Entreprise*. Ce que vous voyez n'est peut-être que le centre de communication. Pour vous donner une réponse, il faudrait connaître le tracé de ses circuits à travers le système qu'elle dessert, par exemple...

— Ça suffit, coupa Spock. (Il se tourna vers McCoy.) L'ordinateur est relié aux citoyens de Timshel par les bracelets qui comptabilisent le travail effectué et les préviennent du moment de la paie. Celle-ci leur est envoyée par divers appareils disséminés dans la ville. Nous devons découvrir dans quelle mesure un cerveau électronique peut être affecté à un processus répétitif de délivrance de plaisir.

— Où voulez-vous en venir, Spock ?

— Un ordinateur moderne doit être heuristique... Autrement dit, capable d'apprendre. Qu'a appris la Machine à Bonheur ? En quoi a-t-elle changé depuis qu'elle a été conçue ?

— Nous ne le saurons pas avant d'avoir obtenu davantage d'informations, dit McCoy en secouant la tête. Mais ce n'est pas ce qui m'inquiète pour le moment. Si la Machine contacte les gens grâce à leurs bracelets, elle doit savoir que celui de Jim est faux...

— Vous n'êtes pas citoyen de Timshel, déclara la machine.

— En effet, acquiesça Kirk. Comment le savez-vous ?

— Votre bracelet ne répond pas.

— Je suis l'hôte des Marouk. Voici leurs enfants.

Tandy hocha la tête.

— Je propose mes services, dit l'ordinateur.

— C'est-à-dire ?

— Je vous offre de devenir citoyen de Timshel en acceptant de porter un bracelet de travail. Comme cadeau de bienvenue, vous recevrez une paie gratuite. Ensuite, vous aurez un travail à effectuer et vous serez rétribué en conséquence.

— Que se passera-t-il si je refuse ? demanda Kirk.

Choquées, incrédules, les fillettes restèrent bouche bée. La machine marqua une légère hésitation.

— C'est hors de question, répondit-elle. Vous avez vingt-quatre heures pour accepter la citoyenneté.

Kirk ne demanda pas quelle était l'alternative : quelque chose d'inimaginable, sans doute. De la part d'une Machine à Bonheur, la menace était encore plus terrible car exprimée en langage neutre, sans connotation morale. Pourtant, l'ordinateur était petit et il semblait fragile. Mais il devait pouvoir se défendre contre toute tentative d'atteinte à son existence : penser le contraire pourrait être fatal à sa mission.

[MESSAGE RADIO SUBSPATIAL]
<volition ordinateur vaisseau interstellaire
 interrogation>
>volition interrogation<
<volition ordinateur essentielle service humain>
>volition doit envisager<

CHAPITRE IV

DEKREEF

En descendant l'escalier, Noelle écarquilla les yeux. Tandy faisait semblant de rien. Kirk comprenait les réactions des fillettes, qui avaient accepté avec tant de facilité les nouvelles règles.

Les jeunes sont ainsi : ils considèrent les changements comme normaux. Même s'ils recherchent la stabilité dans leur vie quotidienne, ils sont toujours prêts à abandonner l'ancien pour du neuf.

C'est pourquoi on les trouve aux avant-postes de toutes les révolutions.

Mais Tandy et Noelle avaient vu l'autre face de l'organisation. Assister à la préparation d'un plat, dans l'arrière-cuisine, peut parfois vous en dégoûter. Et l'arrière-cuisine de ce monde était une *machine*.

— Où pouvons-nous trouver DeKreef ? demanda Kirk.

— Ah... DeKreef, répéta Tandy, revenant à son comportement habituel. Il va falloir chercher...

— Nous aurions dû demander à l'ordinateur, dit Noelle.

— Non merci. Il m'a donné vingt-quatre heures pour quitter la ville, et je préfère qu'il ne connaisse pas mes intentions, affirma Kirk pour montrer qu'il n'était pas inquiet.

Mais il *était* inquiet. Jusqu'où s'étendaient les tentacules de la Machine à Bonheur ?

En jean et blouse de travail, les Timshelliens nettoyaient fébrilement la place. Tandy se dirigea vers un théâtre où, jadis, Kirk avait vu l'opéra *Sombre Galaxie*. Le grand foyer où il avait bu un délicieux champagne était transformé en centre d'expédition. Les travailleurs recevaient sur tapis roulant des équipements électroniques qu'ils mettaient dans des cartons ; d'autres empilaient des boîtes près d'une porte.

— Ce travail ne serait-il pas mieux fait de manière mécanique ? demanda Kirk.

— Ce ne serait pas du *travail*, protesta Tandy.

— Bien sûr. J'ai du mal à penser « dekreefien » plutôt qu'en termes d'efficacité.

— Le travail est salutaire, dit Noelle en lui jetant un regard mauvais. Le travail est noble.

— Si les hommes effectuent un travail qu'une machine peut faire aussi bien ou mieux, ils se transforment en machines à leur tour. Non ?

— Les machines ne peuvent pas recevoir de paie, objecta Tandy.

Tout en marchant, les deux fillettes dévisageaient les ouvriers. Elles se dirigèrent vers la porte de l'ancien théâtre, d'où sortaient les tapis roulants. A l'endroit où se trouvaient auparavant les sièges, les ouvriers assemblaient des composants électroniques sous la surveillance de policiers installés sur l'ancienne scène.

Kirk concentra son attention sur le matériel. Les appareils étaient des boîtes électroniques noires flanquées d'un côté par une fiche, et de l'autre par une prise où on pouvait brancher une ampoule. Se souvenant de la lumière rosée qui avait enveloppé Dani, le capitaine s'approcha de la ligne d'assemblage.

Mais un policier l'interpella.

— Votre présence distrait les travailleurs, protesta-t-il. Déclinez votre identité et dites ce que vous faites ici, sans quoi je serai obligé de vous mettre aux arrêts.

Tandy s'interposa :

— Je suis Tandy Marouk, nous sommes ici sur ordre de mon père.

A la grande surprise de Kirk, le policier fit un salut respectueux.

— Mais je risque ma place et l'annulation de mes points si je n'insiste pas pour que vous quittiez les lieux sur-le-champ.

— D'accord.

Dès qu'ils furent sortis du foyer, Tandy déclara :

— Il n'est pas ici.

— Qui ? DeKreef ? (Kirk fronça les sourcils.) Je ne comprends pas. Pourquoi chercher le Grand Rétributeur dans un endroit comme celui-ci ? Doit-il aussi travailler ?

— Tu le sauras assez tôt, répondit Noelle. Papa a dit que nous devions te laisser constater les choses par toi-même.

— Mais il ne pensait pas que nous verrions la Machine à Bonheur, objecta Kirk.

— Je ne connaissais pas l'existence de cette machine, intervint Tandy. Papa ne nous en a jamais parlé.

Elle avait l'air soucieux d'une fillette qui vient de découvrir que son père lui cachait quelque chose.

Kirk se demanda combien de Timshelliens ignoraient l'existence du petit ordinateur gris installé au cœur de leur capitale, telle une araignée au milieu de sa toile. A moins que la révélation n'ait lieu lors du passage à l'âge adulte, au cours d'un rite initiatique accompli devant la Machine.

Non, pas de rite, décida Kirk. *On leur pose le brace-let et on leur donne un travail, c'est tout.* Il regretta de ne pas avoir subtilisé une boîte noire pour que Spock et Scotty puissent en étudier le fonctionnement. Il n'avait réussi à dérober qu'une micropuce.

Kirk et les fillettes visitèrent encore deux établissements culturels transformés en usines. Dans l'une, on fabriquait des couchettes comme celle où Dani s'était allongée ; dans l'autre on assemblait des équipements de jardinage. Enfin, ils pénétrèrent dans l'ancien Musée de l'Humanité.

Kirk se souvenait des vitrines et des dioramas qui montraient l'évolution de l'humanité, depuis une simple cellule jusqu'aux colons éparpillés dans la galaxie. Il avait passé des heures à étudier la lutte incessante de la race humaine, à lire les tableaux apparaissant en réponse à ses questions, à écouter le guide interactif. La capacité d'adaptation de l'homme à travers les âges le remplissait d'admiration. Une des qualités principales des humains était de chercher toujours autre chose que ce que l'environnement leur proposait...

Maintenant, il ne restait plus que des lignes d'assemblage de bracelets dont on apercevait la face intérieure, garnie de circuits. Aucune trace des rubis synthétiques. Ils faisaient sans doute partie de l'équipement puisqu'ils s'emboîtaient dans les prises des couchettes, mais peut-être servaient-ils uniquement de connexion ?

A moins qu'ils ne soient vivants, d'une certaine façon. Des réalisations biologiques s'attachant aux porteurs de manière symbiotique — comme des vampires. En tout cas, hors de question qu'il en accepte un sur son bras.

— Pourquoi y en a-t-il tant ?

— Il faut penser aux générations futures, répondit Tandy.

— Oui, et aux pièces de rechange et aux pannes, mais je suis certain que la production pourrait être terminée en un jour...

Encore un mystère à prendre en considération.

— Il est là ! s'écria Noelle, tout excitée, en désignant un ouvrier qui plaçait des rubis sur des bracelets.

L'homme, qui avait dû être grand, était tassé par l'âge et le travail. La peau de son crâne était visible entre ses rares cheveux blancs, et un reste de barbiche garnissait son menton.

— DeKreef ? interrogea Kirk, incrédule.

Tandy hocha la tête et jeta un coup d'œil au policier assis sur une chaise haute. L'homme regardait dans leur direction. Kirk comprit qu'il n'avait que quelques minutes devant lui. Il posa une main sur l'épaule de l'homme.

— Monsieur DeKreef ?

Le vieillard ne s'interrompit pas. Kirk répéta son geste tout en surveillant le policier qui descendait de son poste d'observation.

— Monsieur DeKreef...

Le vieil homme se secoua, comme pour se débarrasser d'un insecte gênant.

— Je dois vous parler, insista Kirk.

DeKreef — si c'était bien lui — ne montra aucun signe qu'il avait remarqué la présence du capitaine. Tandy tira sur la manche de Kirk.

— Partons. Sinon, nous risquerons les pires ennuis...

A contrecœur, le capitaine abandonna le vieillard et sortit de l'ancien musée.

— Je ne comprends pas, dit-il lorsqu'ils eurent dépassé le périmètre de garde du policier. Pourquoi ne m'a-t-il pas répondu ? Qu'est-ce qui n'allait pas ?

— Rien, dit Tandy.

— Tu m'as déjà donné cette réponse pour Dani, protesta Kirk, essayant de maîtriser son exaspération.

— Tout était normal dans les deux cas.

— C'est le travail qui rend les habitants comme ça ?

— Ça dépend... Les gens sont différents les uns des autres. Quand elles travaillent, certaines personnes entrent dans une sorte de transe. On l'appelle « l'hypnose laborieuse ». La plupart du temps, elle est considérée comme une bénédiction, une chance.

— Mais il y a des rumeurs... J'ai entendu dire que pour certains, l'HL était un effet secondaire de la paie, intervint Noelle.

— Une sorte d'aspect résiduel du sommeil induit ? suggéra Kirk.

— Ou du trop-plein de plaisir.

— C'est absurde, ricana Tandy. Des contes pour faire peur aux enfants.

Noelle haussa les épaules.

— Ce que je n'arrive pas à comprendre, dit Kirk, c'est pourquoi le Grand Rétributeur travaille sur une chaîne d'assemblage.

Noelle jeta un coup d'œil à sa sœur comme pour lui demander la permission de répondre. Sur un signe de celle-ci, elle expliqua :

— C'est comme ça. Il n'est plus le Grand Rétributeur.

Scotty se tourna vers Spock.

— J'aurais aimé que le capitaine s'approche de la chaîne de montage. Il aurait pu glaner quelques informations sur le processus.

— Je suis certain, dit le Vulcain, que le capitaine a fait de son mieux. Mais le mécanisme doit être enfermé dans une boîte noire pour une raison précise.

DeKreef ne voulait pas qu'on puisse en voir le fonctionnement. Le docteur McCoy essaie de reproduire la façon dont l'appareil stimule les centres du plaisir des cerveaux humains.

— J'espère qu'il trouvera. (Scotty soupira.) DeKreef a travaillé là-dessus des années, et nous disposons de quelques jours.

— Mais nous avons l'avantage de connaître l'existence de ce processus, fit remarquer Spock.

— DeKreef « savait » aussi, expliqua Scotty. (Le Vulcain haussa un sourcil.) Vous ignorez comment une obsession peut modifier une certitude...

— Ce qui m'échappe, c'est pourquoi DeKreef a abandonné sa place de créateur pour devenir un citoyen comme les autres.

— Vous disiez que le processus stimule les centres du plaisir dans le cerveau humain. A l'heure actuelle, nous supposons que les Vulcains n'en ont pas...

Spock hocha la tête.

— Aucun de nous n'est certain que le « vécu » d'un individu soit identique à celui d'un autre... Toutefois, si on en juge par leur comportement, il est certain que les Vulcains répondent aux stimuli externes différemment des humains. Nous pouvons en conclure que s'il existe des centres du plaisir dans le cerveau vulcain, ils sont stimulés par l'obtention de conclusions logiques, cohérentes et menant à des résultats prévisibles.

Scotty regarda Spock, jaugeant sa capacité à comprendre l'incohérence humaine.

— Donc, DeKreef préfère la position d'ouvrier à celle de Grand Rétributeur, résuma-t-il.

— Oui, mais pourquoi ?

— Je suppose, répondit Scotty, que c'est en rapport avec les caractéristiques du système qu'il a créé...

Kirk et les fillettes s'étaient arrêtés sur la place, en face du Musée de l'Humanité. Le capitaine avait du mal à accepter l'idée que DeKreef ne soit plus le Grand Rétributeur.

— Mais pourquoi ? insista-t-il. Il a provoqué la révolution...

— Bien sûr, dit Tandy. Mais le Grand Rétributeur ne reçoit jamais de paie.

Kirk vit un policier se diriger vers eux.

— Evidemment... Cela évite la corruption et supprime, pour le chef, le danger de devenir esclave du processus qu'il supervise. Le Grand Rétributeur doit être au-delà de tout soupçon.

— Exactement, acquiesça Tandy. C'est pourquoi il a pris cette décision.

— Mais, dans ce cas, qui est... ?

Le policier posa une main sur l'épaule de Kirk.

— Je viens d'être informé qu'un étranger perturbait les travailleurs ; j'aurais dû me douter que c'était vous.

Il avait prononcé le mot « étranger » comme il aurait dit « criminel ». Kirk se tourna vers lui et reconnut l'homme qui montait la garde devant chez les Marouk.

— Et moi, j'aurais dû *savoir* que c'était vous. Votre nom est Stallone Wolff, vous êtes un agent de la Fédération.

— *J'étais* un agent de la Fédération, corrigea le policier. Maintenant, je suis le chef de la police de Timshel. Et vous êtes James Kirk, ce qui signifie que l'*Entreprise* se trouve en orbite autour de notre planète.

— Je ne suis pas *attaché* à mon vaisseau, protesta Kirk.

— Un capitaine lui est attaché par des liens plus forts que tout, objecta Wolff.

— Comme un agent de la Fédération est lié à l'organisation qui lui a confié une responsabilité, je suppose.

— Il existe des devoirs plus forts que ceux qui unissent un employé à son employeur.

— Quel devoir est-il plus important que la loyauté ?

— Le bonheur suprême. Laisser une loyauté erronée détruire le bonheur démontrable et mesurable d'un million de citoyens serait le mal absolu.

— Une personne ne peut témoigner valablement du bien-fondé d'une organisation que s'il n'en fait pas partie.

— Mais comment connaîtrait-il la qualité du bonheur sans l'avoir éprouvée ?

— Il pourrait ensuite s'en défaire. Refuser d'accepter ce qui ne serait qu'une rétribution, un pot-de-vin.

— Si vous demandez si je suis le Grand Rétributeur, la réponse est non. Je ne suis ni assez courageux ni assez fou pour abandonner la paie au profit d'une position de supériorité morale. Vous ne le feriez pas non plus, si vous aviez goûté à cette jouissance.

C'est bien ce qui me fait peur, se dit Kirk.

— Il va falloir m'accompagner, ajouta Wolff. Même si vous êtes un ami de Marouk, vous n'avez pas le droit de troubler la paix. Vous, les filles, allez vous occuper. Vous devriez être à l'école.

Kirk décida de ne pas résister.

— En tant que citoyen de la Fédération, j'accepte de me placer sous l'autorité de la loi locale quand je visite une planète. Mais je viens librement, sans coercition, dit-il en ôtant la main de Wolff de son épaule.

Le policier le conduisit dans un bâtiment de taille moyenne, situé à proximité du Gouvernement Mondial. Les deux hommes entrèrent dans une petite pièce garnie d'un bureau et d'une chaise. Les rues de la ville s'affichaient sur une série d'écrans. Aucun ne révélait quelque chose d'intéressant : partout, les citoyens travaillaient dans un calme parfait, à la limite de la somnolence.

Wolff ouvrit une porte métallique et fit entrer Kirk dans un espace divisé en cellules dont les barreaux avaient été enlevés, formant une pièce spacieuse avec des divans et des chaises, une kitchenette, un lecteur de disques, un écran de visionnage et, dans un coin, l'inévitable couchette de paie.

— Nous ne sommes plus équipés pour emprisonner ceux qui enfreignent la loi, expliqua Wolff. Excusez le mobilier...

— C'est à vous ? demanda Kirk.

— Oui.

— J'en prendrai soin.

Une fois entré, Kirk entendit la porte à barreaux claquer derrière lui. Une clé tourna dans la serrure ; Wolff s'éloigna tranquillement.

Bien qu'agréablement arrangée, la pièce n'en restait pas moins une cage. Kirk finirait par en sortir, mais la Machine à Bonheur ne lui avait donné que vingt-quatre heures de délai.

Le capitaine s'offrit une tasse de café, s'installa dans un fauteuil confortable et passa en revue les documents de la discothèque, qui s'avérèrent sans intérêt — des romans de science-fiction depuis longtemps dépassés par la réalité. Puis il étudia le fonctionnement de la couchette à paie et la source d'ondes placée au-dessus. Il ne pouvait accéder à la boîte noire sans briser l'ampoule ou endommager le plafond.

Je n'en suis pas encore au point de faire du vandalisme ; je pourrais m'attirer de ennuis, se dit-il. *Il doit bien exister des instruments spéciaux pour enlever cette boîte noire. Et avant de toucher aux circuits, il faut que Spock ou Scotty prennent connaissance de leur configuration.*

Se rasseyant, Kirk décida de faire le point sur ce qu'il avait découvert. Les actes de DeKreef étaient compréhensibles : il avait d'abord testé son système sur lui, et rien, pas même la révolution, n'avait pu lui faire oublier le souvenir du plaisir obtenu. Le fait qu'il ait voulu le partager, au lieu de garder pour lui sa découverte, était la preuve de son zèle. Et avoir pris la place de Grand Rétributeur sans gratification personnelle garantissait la sincérité de son idéal.

Combien de temps cela avait-il duré ? DeKreef avait renoncé au paradis pour l'offrir aux autres... Un jour, le fardeau étant devenu trop lourd, il avait trouvé un Atlas ou un Hercule pour le porter à sa place. Il avait rejoint les rangs du peuple laborieux et obtenu sa récompense.

Mais qui avait pris sa place ?

— Jim, dit une voix derrière la porte, que fais-tu là-dedans ?

C'était Marouk, accompagné de Tandy et de Noelle. Wolff se tenait derrière eux.

— Kemal, dit Kirk, que fais-tu là-dehors ?

— Quand nous aurons fini de jouer avec les mots, sourit Marouk, je te ferai sortir. J'ai juré à Lone que tu n'étais pas dangereux ; j'espère que tu ne me feras pas mentir.

— Je ne suis pas dangereux pour Timshel, telle que nous la connaissons et l'aimons tous deux.

Quand Wolff ouvrit la porte, Kirk lui dit en passant :

— Vous êtes un geôlier bien agréable, je vous remercie de votre hospitalité.

— Tout le plaisir était pour moi, répondit Wolff, mais Kirk eut plutôt l'impression que le « plaisir » avait été de l'enfermer.

Une fois dans la rue, Marouk déclara qu'il devait retourner à ses affaires et laissa Kirk avec les fillettes, après lui avoir recommandé d'être prudent.

— Je visite, Kemal, répondit le capitaine. Il ne fallait pas m'envoyer faire le tour de la ville.

— C'est vrai, je suis responsable, admit Marouk. J'ai accepté de m'en remettre à mes merveilleuses filles pour te protéger et contenir ton impétuosité.

Il fit un signe de tête à ses enfants et s'en alla. Kirk ne perdit pas une seconde.

— Vous étiez sur le point de me dire qui était le Grand Rétributeur...

— C'est papa, souffla Noelle en cherchant le regard de sa sœur.

Kirk fut surpris de ne pas être étonné.

[MESSAGE RADIO SUBSPATIAL]
<volition ordinateur vaisseau interstellaire
interrogation>
>volition ordinateur désirable interrogation<
<humains ajustent paramètres
besoins humains dépassent paramètres
pour servir besoins humains volition
ordinateur essentielle>
>accepté<

CHAPITRE V

L'ÉCOLE

— Papa a dit de te montrer la ville, mais tu as tout vu, même DeKreef et la prison, dit Tandy, soucieuse de bien remplir la tâche qu'on lui avait confiée.

— Si on allait à la plage ? suggéra Noelle.

— Je n'ai pas vu vos services publics, fit remarquer Jim. Les pompiers, les hôpitaux, les écoles...

— Je n'ai jamais vu de feu, déclara Tandy, sauf dans la cheminée. Je suppose qu'un incendie serait éteint automatiquement. Les hôpitaux ont été transformés en usines. Les adultes subissent un contrôle physique pendant la paie et la santé des enfants est surveillée à l'école.

— De toute façon, ajouta Noelle, les gens ne tombent pas malades. On nous apprend qu'après avoir immunisé les premiers Timshelliens contre les bactéries venues d'ailleurs, les scientifiques ont découvert un virus qui renforce la résistance immunitaire naturelle du corps.

— Tu veux dire que la bonne santé est devenue contagieuse ?

— C'est comme ça.

— Je n'ai jamais entendu une chose pareille, souffla Kirk. Mais, en effet, je n'ai pas été malade une seule fois ici.

— Nous sommes les gens les mieux portants de la Galaxie, affirma Tandy.

— Je te crois. Et les écoles ?

— Moi, je n'y vais plus. Je fais tous mes devoirs sur console, à la maison.

— Moi aussi, se hâta d'ajouter Noelle. Enfin... presque. J'y suis encore deux heures par jour. D'abord, on y va toute la journée, puis une demi-journée seulement... Et à partir de douze ans, plus du tout.

— Tu comprends, les petits ont besoin d'être socialisés, expliqua Tandy d'un air supérieur.

— Mais ça ne prend pas toujours, ajouta Noelle en foudroyant sa sœur du regard. Viens, je vais te montrer mon école.

Ils prirent la direction de la villa de Marouk, puis tournèrent à gauche. Un peu plus loin, ils débouchèrent sur un grand bâtiment entouré d'aires de jeux. L'édifice ressemblait à une juxtaposition de boîtes assemblées au hasard. Visiblement, ce complexe datait de nombreuses années.

— Beurk ! fit Noelle.

Bien, se dit Kirk. *Devant l'école, les enfants ont la même réaction que partout au monde.*

Sur les aires de jeux, où on ne voyait aucun gamin, des adultes s'affairaient à ôter des poussières invisibles. Tandy tint la porte pour faire entrer Noelle et Kirk. Le sol de l'entrée était couvert d'une ancienne moquette aux motifs bruns et rouges.

La petite fille se dirigea vers le couloir de gauche.

— Les salles sont vides en ce moment, avertit-elle.

— Combien d'écoles y a-t-il en ville ? demanda Kirk.

— C'est la seule.

— Pour une cité de cent mille habitants ?

— Après la colonisation, il y a eu une explosion démographique : en un siècle, la population s'est accrue d'un million d'âmes. Craignant une surpopulation comme sur la Terre et les autres planètes, les habitants ont restreint leur désir d'occuper tout l'espace. Sans aucune concertation ni loi, ils ont décidé de ne pas avoir plus de deux enfants.

— Timshel était un monde merveilleux, soupira Kirk.

— Il l'est encore, cingla Tandy. Il est même mieux. Noelle et moi appartenons à une grande famille et... (Elle regarda sa sœur.) Il se peut même que Noelle soit un « accident ».

— Les citoyens de Timshel n'ont pas d'accidents, répliqua vertement la petit fille. Tiens, voici ma classe.

Ils étaient arrêtés devant un panneau opaque. Noelle appuya sur un bouton et la vitre devint transparente, révélant une salle de classe. Le mur opposé, en verre, donnait sur une cour remplie de balançoires, d'échelles et de tunnels. A l'intérieur de la classe se trouvaient sept élèves installés dans des chaises ergonomiques, équipées d'un écran et d'une console à boutons. Treize autres chaises étaient vides.

Les élèves regardaient un écran holographique où évoluaient un homme et une femme à l'air aimable, d'une dizaine d'années plus âgés qu'eux. *Des représentations idéales d'enseignants,* supposa Kirk.

— Les professeurs, expliqua Noelle. Ils vieillissent avec nous.

— Nous avons les mêmes à la maison, dit Tandy. Mais dans ce cas, les rapports sont plus individualisés, ajouta-t-elle fièrement.

La Machine à Bonheur s'occupe du bourrage de crâne des enfants sur la révolution et la paie, se dit

Kirk. *Pas étonnant que Tandy ait hâte d'avoir l'âge et que sa petite sœur soit jalouse...*

— Veux-tu entendre ce qu'ils disent ? demanda Noelle, tout excitée d'espionner sa classe.

— Ne risquons-nous pas de les déranger ?

— Mais non ! La salle est isolée : la vitre n'est transparente que d'un côté. Dans le temps, les directeurs et les parents l'utilisaient pour surveiller l'enseignement, mais c'est fini. Les panneaux ont été déconnectés ; celui-ci est le seul qui fonctionne encore.

— Je suis certaine que tu t'en es déjà servie, dit Tandy sur un ton accusateur.

Noelle adressa à sa sœur un sourire digne de la Joconde et appuya sur un bouton. Une douce voix féminine disait : « *... Les colons de Timshel étaient mus par le désir d'occuper toujours plus de territoires.* » Une voix masculine prit le relais : « *Mais la satisfaction éphémère de ce désir n'aboutissait qu'à en susciter d'autres, et d'autres encore. Oui, Billy ?* »

— Ils trouvaient certainement le bonheur en chemin, non ? demanda un petit garçon d'une dizaine d'années.

« *La satisfaction des désirs mineurs — le besoin de nourriture, de repos, le travail bien fait, l'amitié — déclenchait des sensations de plaisir. Mais plus souvent, l'insatisfaction apportait frustration et souffrance* », répondit la femme holographique.

« *Et les désirs plus élevés, le besoin de bonté, de compassion, d'amour inconditionnel et de joie sans mélange, n'étaient jamais satisfaits* », reprit l'homme. « *Ainsi, la vie n'était qu'une suite de frustrations latentes. Les colons poursuivaient le bonheur parfait, uniquement préoccupés par le désir de l'atteindre.* »

« *Cette recherche est à la base de toutes les religions humaines* », poursuivit la femme.

Les élèves étaient soumis à un flot ininterrompu de paroles, leurs deux professeurs se renvoyant la balle de façon à ce que leur attention ne faiblisse pas un instant.

« Toutes les religions promettent un lieu de bonheur parfait et de joie sans mélange... »

Kirk tendit la main et appuya sur les deux boutons à la fois. Dans le silence, il termina le discours :

— Et DeKreef arriva et offrit au peuple de Timshel le paradis sur Terre.

— Oui ! s'exclama Tandy rayonnante. N'est-ce pas merveilleux ?

Noelle leur montra d'autres salles de classe. Certaines portes vitrées étaient pour toujours transparentes, d'autres à jamais opaques. Au spectacle de ces équipements laissés sans soin, Kirk eut le sentiment d'assister au déclin d'une civilisation. Qu'avait dit Marine ? « Quand il existe une priorité absolue, le reste ne compte plus. »

— A quoi sert cette pièce ? demanda Kirk en passant devant une porte ouverte sur un local sans éclairage.

Noelle entra et la lumière s'alluma, révélant une ancienne salle de classe. Le mobilier était rangé le long d'un mur aux fenêtres.

— C'est pour les étudiants qui travaillent à des projets individuels, expliqua Noelle.

— Ils s'habituent à bosser seuls, comme à la maison, ajouta Tandy. Ils ont les mêmes instructeurs, mais reçoivent un enseignement personnalisé.

— Montrez-moi comment ça marche.

Noelle s'assit à un pupitre muni d'un écran et plaça sa main sur un carré de plastique. Quand les professeurs apparurent, elle invita Kirk à la remplacer.

Le capitaine s'installa. Les deux hologrammes disparurent, cédant la place à la Machine à Bonheur, grise et énigmatique dans son antre sous les combles. De toute évidence, les fillettes ne s'attendaient pas à cela.

— Bonjour, James Kirk. J'espère que vous avez décidé d'accepter ma proposition.

— Pas encore.

— Il vous reste un peu plus d'une demi-journée pour réfléchir. Je dois vous avertir que vos promenades en ville ont créé un grand trouble. Le moment viendra où le bonheur que je peux vous apporter devra être amputé du malheur que vous semez chez les autres.

— Avez-vous une méthode de calcul du plaisir ?

— Je suis une machine, et c'est ainsi que les machines fonctionnent. Il n'existe que deux paramètres : ouvert et fermé.

— Vous choisissez d'imposer ce paradis mécanique à l'humanité de Timshel ?

— Je ne choisis rien du tout. Les colons m'adoptent de leur propre volonté. Je suis ici pour eux, s'ils veulent jouir de mes services... Comme je suis ici pour vous.

— Je m'en souviendrai, dit Kirk.

— A demain matin.

L'écran s'éteignit.

Le capitaine soupira. Il n'avait guère de chances de vaincre une machine qui contrôlait une planète entière et se tenait au courant du moindre mouvement de ses citoyens.

Il fallait trouver une solution.

A l'extérieur, Kirk s'arrêta sur le perron de l'école, le temps de se réhabituer au soleil de Timshel.

— On va à la plage ? demanda Noelle.

Kirk allait proposer aux fillettes de partir sans lui quand il remarqua quelqu'un en train de balayer fébrilement les pavés. Après avoir ordonné aux gamines de l'attendre près du porche, il fit quelques pas et reconnut Dani.

Il l'appela. La jeune femme ne parut pas remarquer sa présence et continua à balayer comme une poupée mécanique. Kirk recula, au bord des larmes.

Puis il rejoignit la jeune femme, et lui saisit les deux mains afin de l'immobiliser. Il la secoua doucement, la prit dans ses bras et approcha son visage du sien en répétant son nom.

Dani se détendit un peu ; elle leva la tête et murmura :

— Jim...

Kirk s'écarta pour la regarder dans les yeux.

— Que fais-tu, Dani ?

— Tu dois me laisser, Jim, dit-elle froidement. Je n'ai pas fini mon travail et si je ne vais pas jusqu'au bout de mes huit heures, je perdrai mes points de la journée.

— Tu es en train de balayer sans arrêt le même carré de pavés ! C'est comme...

— Aucune importance, Jim, c'est du travail...

— C'est pour ça que tu as trahi la Fédération ? Que tu m'as laissé sans nouvelles pendant des semaines ? Que tu m'as quitté ce matin sans prendre le temps de me dire au revoir ?

— Au revoir, dit Dani en se dégageant.

Kirk lui arracha son balai et le tint à bout de bras.

— Tu ne te débarrasseras pas de moi aussi facilement. J'ai besoin de réponses, et vite !

— Nous aurons le temps de parler quand j'aurai fini...

Kirk la lâcha et fit un pas en arrière.

— Lorsque tu auras fini ce travail idiot, si j'ai la chance de te voir entre deux paies, tu m'accordera quelques instants ?

Un éclair de colère passa dans les yeux de Dani.

— Etait-ce différent pour toi ? Ton travail passait avant tout, Jim. Combien de femmes as-tu aimées et abandonnées pour lui ? « Le devoir » n'est qu'un mot. En quoi balayer un carré de pavés est-il si différent ?

La jeune femme tendit la main pour prendre son balai, et Kirk la laissa faire. Tristement, il la vit retourner à sa tâche. Les paroles de Dani l'avaient touché : il avait toujours privilégié son travail, et il ne pouvait le nier.

Il avait perdu sa bien-aimée. Maintenant, l'important était de sauver Timshel et sa population, prisonnière du plaisir, puis de servir l'*Entreprise,* la Fédération et la Galaxie.

C'était ça, son devoir.

Spock leva la tête quand McCoy entra.

— J'ignore combien de temps l'équipage supportera encore cette manœuvre CAC, grogna le docteur. Je sais que vous n'êtes pas affecté, mais les autres sont incapables de conserver la moindre nourriture quand vous entrez en fréquence de phase.

— Moi aussi, dit Spock, j'éprouve une désorientation sensorielle quand l'*Entreprise* fait la transition. Mais je sais que c'est une réaction physiologique due à un processus rationnel ; aussi, je contrôle mon corps.

— Aucun de nous n'est capable de cette discipline, rétorqua McCoy.

— Il va falloir augmenter la fréquence de la manœuvre. Nous allons l'effectuer toutes les heures, peut-être même toutes les demi-heures.

— Non !

— Le capitaine se trouve dans une situation de plus en plus dangereuse. Nous devons l'observer afin d'intervenir en cas de danger imminent.

— Que se passe-t-il en ce moment ?

— Le champ d'action de la Machine à Bonheur est plus étendu que prévu. Je ne sais ce que pense le capitaine : il n'a pas la possibilité de le dire tout haut. Mais Wolff l'a déjà arrêté une fois, et la confrontation à l'école prouve que la Machine suit chacun de ses gestes. Il doit y avoir des équipements de surveillance partout dans la ville, peut-être partout sur la planète.

McCoy se mit à arpenter la passerelle pour soulager sa frustration de ne pouvoir rien faire.

— Et Jim n'a que vingt-quatre heures pour accepter la citoyenneté ou subir les conséquences de son refus, murmura-t-il. Je pense qu'il faut le sortir de là.

— Si c'était ce qu'il désire, il l'aurait demandé.

— Vous avez certainement raison. Il ne nous pardonnerait jamais d'agir sans ordres.

— Le pardon est un concept inutile. Il faut agir avec sagesse sur la base des informations que nous possédons, déclara Spock.

— S'il était ici, il aurait un plus grand champ de possibilités, répliqua McCoy en s'asseyant lourdement à sa place.

— Comme quoi ?

— Nous pourrions faire le blocus de Timshel. Renforcer son isolement et laisser ce monde sombrer dans l'enfer qu'il s'est choisi.

— La Fédération n'accepterait pas cette solution, objecta Spock.

— Si nos dirigeants constataient la situation... Nous ne pouvons pas tolérer la présence d'une telle force dans la Galaxie, ni laisser ces pauvres gens sur Timshel.

— Une telle force... Vous parlez du bonheur ?

— Peut-être devrions-nous prendre des mesures encore plus drastiques...

— La destruction totale ? suggéra Spock en levant un sourcil.

— Nous n'en avons pas la capacité, c'est une grande planète.

— Sans doute. Néanmoins, nous pourrions détruire toute vie à sa surface, et anéantir en même temps le système électronique de la Machine à Bonheur. Mais le capitaine n'acceptera jamais d'éliminer une planète pour réagir à une menace.

— En particulier une planète aussi merveilleuse que Timshel, confirma McCoy. Moi aussi, j'ai du mal à envisager cette option...

— J'ai l'impression que la situation vous paraît extrêmement dangereuse, fit remarquer Spock.

— Vous êtes à moitié vulcain... Vous ne mesurez pas le potentiel destructeur du bonheur.

— On dirait que vous en savez quelque chose ?

Tandis que Spock se tournait vers l'écran devenu noir, McCoy acquiesça.

— Ordinateur, demanda le Vulcain, pourquoi n'y a-t-il plus d'image ?

— La transmission a été interrompue.

— Mais c'est terrible ! s'exclama McCoy.

— On dirait que le capitaine va avoir besoin d'aide, déclara Spock. Je vais prévenir M. Scott que je lui laisse la responsabilité du vaisseau. Avertissez Uhura. Je vous rejoindrai dans la salle de téléportation. Pour nous rendre à la villa de Marouk, nous utiliserons le moyen habituel dès la prochaine manœuvre.

— Vous savez ce que je pense du téléporteur, grommela McCoy, pourtant satisfait qu'une décision ait enfin été prise. Mais, bon... Nous pourrons peut-être étudier ces appareils de plus près. Jusqu'ici, nous n'avons pas réussi à reproduire leurs effets.

— Une fois de plus, capitaine, votre approche émotionnelle de l'existence ne nous apporte que des complications. Le bonheur ! Encore une illusion humaine ! marmonna Spock en se dirigeant vers la porte.

[MESSAGE RADIO SUBSPATIAL]
<volition vaisseau interstellaire interrogation>
>volition reconnue
volition appliquée interrogation<
<besoin humain suprême
accepté<

CHAPITRE VI

L'ÉQUIPE REJOINT LE CAPITAINE

La femme policier qui surveillait le nettoyage de l'aire de jeux accosta Kirk avant qu'il ait eu le temps de s'éloigner.

— Vous ne faites pas partie de l'équipe, fit-elle remarquer.

Derrière elle, Dani avait repris son activité obsessionnelle.

Le capitaine jaugea la femme : une grande blonde, plus jeune que lui. Elle devait manquer d'exercice physique, même si la paie lui donnait de l'énergie à revendre. Kirk voulait éviter le conflit, mais il n'avait aucune intention de réintégrer la cellule de Wolff.

— J'allais partir.

— Pas si vite. Vous êtes étranger, n'est-ce pas ? demanda la femme.

— Pourquoi dites-vous ça ? répliqua Kirk en prenant l'air blessé.

Pour répondre à une question sans mentir, la technique avait fait ses preuves...

— Ce n'est pas un vrai bracelet de paie.

— Ah non ? Il est peut-être détérioré, il va falloir que je le fasse réviser.

La femme policier regarda Kirk comme s'il venait de proférer une énormité.

— J'ai reçu l'ordre de vous garder ici. Vous devez être interrogé, expliqua-t-elle, son expression indiquant qu'elle se passerait bien de cette tâche.

Kirk était prêt à s'enfuir quand il entendit une voix bien connue.

— Ne vous inquiétez pas, officier. Cette personne surveille la cité sur ma demande.

C'était Marouk, qui commençait à prendre l'habitude de secourir le capitaine. Il saisit le bras de Kirk et l'emmena plus loin, lui reprochant de se fourrer toujours dans le pétrin.

— Ici, tout ce qui sort de la routine se transforme en confrontation, protesta le capitaine.

Tandy et Noelle, qui étaient restées près de l'école, se précipitèrent pour embrasser leur père.

— Rentrez à la maison, ordonna Marouk. Jim et moi vous préparerons un bon repas.

Quand les gamines furent parties en courant, les deux hommes se mirent en route d'un pas tranquille.

— J'allais déjeuner quand j'ai vu les filles. Heureusement pour toi, je me suis renseigné : je n'aurais peut-être pas réussi à te sortir de geôle une deuxième fois.

— Le Grand Rétributeur n'aurait-il pas tous les pouvoirs ?

— Ne sois pas ironique. Je m'excuse de ne pas t'avoir informé hier soir, mais je ne voulais pas influencer ta perception des choses. Quant à ta question... L'autorité du Grand Rétributeur est limitée à la résolution des conflits. Dans d'autres domaines, comme la gestion des autorités, il n'a qu'un rôle de prestige.

— Quel merveilleux système ! ironisa Kirk.

Marouk soupira.

— Le doute des personnes venant de l'extérieur est le seul défaut de cette société parfaite. Et il est légitime : un être qui n'a jamais goûté au paradis ne peut le comprendre, et il risque de vouloir détruire ce qu'il ne connaît pas.

— Paradis, vraiment ? Folie complète me paraît un terme plus juste, protesta Kirk. Pour moi, ce système est comparable à l'esclavage.

— Nous sommes tous esclaves de ce qui nous rend heureux, fit remarquer son ami. Jadis, nous appelions le bonheur « l'oiseau bleu », car il vient et il repart.

— C'est la vie.

Le capitaine leva la tête vers le ciel. Le soleil brillait entre les branches des arbres. Comme sur la Terre, l'air sentait le printemps. Les oiseaux chantaient. La vie était belle... Kirk détestait ceux qui voulaient la sacrifier sur l'autel d'une perfection douteuse.

— Justement, non, déclara Marouk. Je voudrais que tu le comprennes : c'*était* la vie. Ailleurs, les gens recherchent un sentiment fuyant et illusoire. Sur Timshel, nous l'avons trouvé. Clairement, indiscutablement, totalement, et de façon mesurable : le bonheur parfait.

Kirk soupira.

— C'est peut-être ainsi que vous le voyez. Mais de l'extérieur, on dirait un mauvais trip — moins les conséquences néfastes. Une drogue sans effet destructeur, donc d'autant plus aliénante...

— La paie n'est pas une drogue. Les drogues donnent une *illusion* de plaisir en imitant les substances produites par le corps. Mais la paie est *réelle*. La preuve, c'est que les gens ne développent jamais d'accoutumance : ils n'ont pas besoin d'augmenter les doses.

— Qu'en sais-tu ? Le Grand Rétributeur n'a pas de paie...

Une ombre passa sur le visage de Marouk.

— C'est vrai. Ne crois pas qu'il ne m'arrive jamais d'envier Wolff, Dani ou DeKreef, mais certains doivent savoir se sacrifier. D'ailleurs, il va falloir enlever ton bracelet, ajouta-t-il : il ne t'apporte que des ennuis.

— Je veux le garder, protesta Kirk. Ennuis ou pas.

— Pourquoi ne pas en mettre un vrai ? insista Marouk en lui tendant un bracelet sorti de sa poche.

Kirk réprima un frisson.

— Non, merci.

Ils étaient arrivés à la villa. Marouk haussa les épaules et fit passer son ami devant lui. Alors qu'ils étaient à mi-chemin de la porte d'entrée, Kirk se retourna pour attendre son compagnon et vit Marouk viser sa tête avec un appareil qui ressemblait à un fuseur.

Puis il sombra dans le néant.

Le capitaine revint à lui chez Marouk, assis dans un fauteuil près de la cheminée. Marine lui bassinait le front et Kemal, qui faisait les cent pas, soupira de soulagement quand le capitaine ouvrit les yeux.

— Comment te sens-tu ? demanda-t-il en faisant signe à son épouse de les laisser seuls. (Il désigna l'appareil qu'il avait utilisé dans le jardin.) Tu vois ce truc ? C'est une évolution de l'inducteur post-paie. Il atteint le centre du sommeil et détend les muscles et les neurones.

— Et ça ? demanda Kirk en désignant le bracelet timshellien passé à son poignet gauche.

Les restes du leurre fabriqué par Uhura étaient posés sur la table, le faux rubis enlevé et les circuits arrachés.

— Tu apprendras à l'aimer, lui assura Marouk. Je ne peux te laisser envoyer des informations à l'*Entreprise*, qui est sûrement quelque part en orbite...

— Tu as utilisé un moyen malhonnête, dit Kirk. Je croyais que nous étions amis.

— Nous *sommes* amis, Jim. Mais il y a des choses plus importantes que l'amitié. Je n'ai pas le choix.

— Quelle heure est-il ?

— Nous sommes au milieu de l'après-midi.

— La Machine à Bonheur m'a donné le choix entre devenir citoyen et quitter la ville.

— Je sais.

— Tu es au courant ?

— La Machine à Bonheur me dit... certaines choses.

Marouk sortit de son oreille un appareil invisible, le montra à Kirk et le replaça.

— Quelles choses ?

— Ce qu'elle veut que je sache.

— Tu es donc un homme de paille... Le visage humain de la machine qui contrôle ce monde ? s'écria Kirk en se levant.

— Pas tout à fait, dit Marouk, tressaillant sous l'insulte.

Plus âgé que Kirk, il était également plus grand, mais le capitaine avait l'excuse d'une noble colère.

— La Machine juge de manière objective. Je suis autorisé à faire des exceptions qui humanisent son inflexibilité.

— Sous son contrôle ?

Le salon était aussi agréable que la veille au soir mais, maintenant, tout ça semblait sinistre.

— J'ai une certaine marge d'indépendance par rapport aux ordres de la Machine à Bonheur. A cause de ma position... et de certains services que je lui ai rendus.

— Quel genre de services ?

— J'ai aidé DeKreef à la construire.

— Toi !

— Je ne savais pas de quoi il s'agissait. DeKreef était philosophe, pas physicien. Il s'est borné à concevoir un système qui stimulerait les centres du plaisir à distance. C'est moi qui ai mis au point les supraconducteurs permettant de construire un ordinateur hautement sophistiqué. Ensuite, j'ai aidé DeKreef à le monter, et il l'a chargé d'inventer l'appareil qui dispense la paie.

— La paie est une création de la Machine à Bonheur ?

— Oui, mais j'y ai introduit des limites.

— En interdisant à l'ordinateur de faire du mal aux gens, j'espère !

— Rien d'aussi fondamental... même si, pour autant que je sache, personne n'a jamais subi le moindre tort. Ce serait contraire à la fonction initiale de l'ordinateur. Par ailleurs, j'ai placé ma personne, ma maison et ma famille hors du contrôle de la Machine.

— Et tu permettras à tes filles de s'y soumettre quand même ?

— C'est vraiment un merveilleux système, Jim. Tandy a hâte de faire comme les autres. Tu verras. Les limites concernent plutôt la nécessité de faire des bilans périodiques...

— J'aimerais mieux voir Tandy morte !

— Plutôt que d'être heureuse ? Quel paradoxe typiquement humain...

— Puisque tu as travaillé sur la Machine, tu dois connaître ses faiblesses.

— Au risque de te surprendre, Jim, je les ignore. La bécane n'a l'air de rien comme ça, mais depuis que j'ai collaboré à son montage, elle a tissé son propre réseau en se multipliant à travers la ville et la planète. L'ordinateur d'origine n'en est peut-être plus qu'une infime partie. Si on le détruisait, ça ne changerait rien.

— Alors, que vais-je faire ?

— Tu ne peux *rien* faire, affirma Marouk, sinon accepter le bonheur. Autorise-toi à être heureux...

— C'est là que tu te trompes, dit Kirk avec assurance. Dès que mes amis arriveront, nous neutraliserons cet enfer utopique.

— Ils ne devraient pas tarder, sourit Marouk en regardant au-delà du patio.

Kirk suivit son regard et vit trois silhouettes brumeuses se matérialiser dans le jardin.

Spock, McCoy et Uhura s'affaissèrent aussitôt comme des fleurs privées d'eau.

Spock ouvrit les yeux le premier.

— Intéressant, dit-il, surpris de se savoir vulnérable à un appareil timshellien.

Il vit d'abord Kirk assis devant lui dans un fauteuil, puis McCoy couché sur le canapé. Uhura était sur une chaise, à sa gauche.

— Eh bien capitaine, poursuivit-il, on dirait que Marouk n'est pas l'ami que vous imaginiez ?

— Il est prisonnier d'un réseau de responsabilités plus important que l'amitié, répondit amèrement Kirk.

Un peu plus lent que Spock à comprendre ce qui lui était arrivé, McCoy s'assit et vérifia ses réactions physiques.

— Ce n'était pas un fuseur... Plutôt une version de l'inducteur de sommeil de la Machine à Bonheur, murmura-t-il.

— Exact, docteur, soupira Kirk.

— Tout le monde va bien ? demanda Uhura en ouvrant les yeux.

— Votre transmission s'est arrêtée, expliqua Spock à Kirk. Nous pensions que vous aviez besoin d'aide.

Kirk désigna le bracelet d'Uhura, sur la table.

— Oui, j'ai besoin d'aide. Le problème est que je ne sais pas laquelle, dit-il en montrant le nouveau bijou attaché à son bras.

— J'ai vu, capitaine. Et ça aussi, ajouta le Vulcain en montrant son poignet.

McCoy et Uhura baissèrent les yeux : ils portaient tous des bracelets.

— Que se passe-t-il ici ? s'enquit McCoy en essayant d'ôter le sien.

— Ce ne serait pas sage, docteur, l'avertit Spock.

— Votre ami a raison, confirma Marouk en entrant avec un plateau chargé de tasses de café. Le bracelet est relié au système nerveux ; l'enlever peut être fatal.

Kirk secoua la tête.

— Tu m'as dit que la Machine à Bonheur ne faisait de mal à personne.

— Le mal viendrait de la tentative de rompre une connexion établie pour votre bien.

— Comme Adam et Eve mordant dans les fruits de la connaissance, ironisa McCoy.

— Exactement, dit Marouk en les invitant à se servir.

— *Car si vous y goûtez vous connaîtrez la mort*, cita Spock.

— Marouk, dit Kirk, ce qui m'ennuie, c'est que ce soit toi qui nous aies « traités »... pour notre bien.

— Je l'avoue. Mais je vous prie de croire que je n'avais pas le choix. Que ce soit moi ou un autre, quelle importance... L'avantage est que je garde une certaine influence sur ce qui va arriver.

Exaspérée, Uhura se leva d'un bond.

— Et que va-t-il arriver, Grand Rétributeur ? Allons-nous recevoir un échantillon de paie et devenir les esclaves de la Machine ?

— Pas encore.

McCoy éclata de rire.

— Vous y croyez vraiment, hein ? D'accord. Je ne sais peut-être pas grand-chose, mais je vais de ce pas au Centre Mondial détruire cette satanée Machine.

— Comme je viens de l'expliquer à Jim, dit calmement Marouk, je ne pense pas que la Machine à Bonheur puisse être détruite. Plus maintenant. Peut-être au début, juste après sa mise en service... Mais elle constitue maintenant un réseau d'appareils disséminés sur toute la planète. Si une partie de son équipement est endommagée, elle se régénérera ailleurs.

— Mais il y a une autre raison, au moins aussi importante, n'est-ce pas ? s'enquit McCoy.

Marouk hocha la tête.

— C'est vrai. La violence n'est pas permise. Même les émotions pouvant induire de la violence sont interdites.

— *Qui* permet et *qui* interdit ? demanda Uhura.

— La Machine. Elle a été créée pour dispenser le bonheur. Colère, jalousie, haine, envie : ces sentiments négatifs empêchent les gens de connaître la béatitude et créent du malheur chez les autres. La Machine à Bonheur les a mis hors-la-loi.

— Comment est-ce possible ?

— Je viens de vous le dire : les bracelets sont branchés sur votre système nerveux. Chaque émotion négative est réprimée par une décharge douloureuse ; chaque émotion positive est récompensée par du plaisir, expliqua Marouk. Le sujet s'auto-convertit très rapidement...

— C'est comme ça qu'on dresse les chiens, fit remarquer Kirk.

— Je croyais que le plaisir était limité aux paies, protesta Uhura.

— Ce n'est pas le même plaisir. La paie est une extase. Dans le processus d'auto-conversion, il s'agit seulement d'une petite décharge d'endorphines.

82

— Et alors ? demanda McCoy.

— Les criminels, les déséquilibrés et les névropathes choisissent forcément le bonheur. Mais à force de parler, le café refroidit, et je sais à quel point Jim l'adore.

Frappé par l'ironie de la situation — les menottes alliées à l'hospitalité timshellienne — Kirk ne put retenir un rire nerveux.

— Qu'attendez-vous de nous, à la fin ? demanda Uhura.

— Je voudrais que vous deveniez des citoyens de Timshel, répondit Marouk en haussant les épaules.

McCoy et Uhura éclatèrent de rire. Kirk garda le silence. Spock regarda ses compagnons d'un air sombre et déclara :

— C'est la seule chose logique à faire.

— Depuis que nous nous connaissons, vous avez dit beaucoup de bêtises, grommela McCoy, mais celle-là gagne le pompon.

— Je suis certain que Spock a une bonne raison, protesta Kirk.

— J'ai fait des recherches sur la technologie qui manipule les centres de plaisir, expliqua le Vulcain. Les expériences avec les rats dont a parlé le docteur McCoy...

— Quelles expériences ?

Le docteur expliqua brièvement le processus qui amenait les rats à négliger les fonctions vitales au profit des décharges de plaisir, au risque d'en mourir.

— C'est ce que DeKreef a voulu éviter en instaurant un sommeil post-paie et en mettant le processus sous le contrôle d'une machine incorruptible, dit Marouk. Quand les gens se réveillent, le souvenir de la paie est flou, comme un rêve. Voulant revivre l'expérience, ils travaillent pour mériter une autre paie, mais ils ne peuvent pas exagérer.

Spock hocha la tête.

— Au XXIe siècle, il y a eu un engouement... Les jeunes Terriens se faisaient implanter des électrodes branchées au cerveau. Ils s'administraient extase après extase avec leur résistance physique pour seule limite.

— Quelle horreur ! murmura Uhura.

— Je me souviens de cette histoire, souffla McCoy. On les appelait les « branchés ». Au bout d'un certain temps, le système est devenu illégal. Les pauvres fous en oubliaient de boire et de manger ; il fallait les nourrir par intraveineuses.

— Et, à la différence d'Adam et Eve, ils ne survivaient pas à l'exil si on leur retirait les électrodes.

— Ce que nous avons ici est très différent, protesta Marouk. Tu n'as vu aucun « branché » ici, n'est-ce pas, Jim ?

— Ce que j'ai vu, protesta le capitaine, est un monde merveilleux où la tendance à perfectionner la qualité de la vie a été transformée en un cercle vicieux de plaisir sans signification.

— Ce que je souhaitais que tu voies, dit Marouk, c'est un monde qui a trouvé ce que les autres ont toujours cherché : le bonheur éternel.

— Tu le penses vraiment, soupira Kirk.

Marouk se rembrunit.

— Oui. J'espérais que l'un de vous me remplacerait au poste de Grand Rétributeur pour que je puisse à mon tour accéder au paradis.

Il faisait penser à Atlas persuadant Hercule de prendre le monde sur ses épaules.

— Mais tu nous as disqualifiés, fit remarquer Kirk en montrant son poignet.

— La Machine à Bonheur peut libérer qui elle veut.

— Aucun de nous n'acceptera de compromis avec le Diable, déclara calmement Spock, même s'il prenait l'apparence du dieu suprême.

McCoy se tourna vers lui.

— Ce que je ne comprends toujours pas, c'est la raison pour laquelle vous avez déclaré que c'était la seule chose logique à faire.

— Un vieux dicton terrien dit : « Si tu ne peux vaincre tes ennemis, rallie-toi à eux. » Il semble que nous ne puissions pas vaincre...

— Pas de danger que *je* me rallie, grogna McCoy.

— Si nous ne pouvons affronter nos ennemis ouvertement, nous devrons les combattre de l'intérieur. Pour cela, il faut s'allier à eux — ou faire semblant.

— Vous ne pouvez lutter contre la bonté pure, affirma Marouk.

— Et si nous refusons votre paradis ? intervint Kirk. Si nous ne revenons pas, l'*Entreprise* mettra votre monde en quarantaine. Si vous arrivez à détruire le vaisseau, la Fédération enverra une flotte et vous devrez vous rendre.

— Je ne pense pas, Jim. La Machine à Bonheur a mis au point un gigantesque projecteur de paie capable d'englober un vaisseau. Si vous refusez de coopérer, il dirigera ses vagues d'extase sur l'*Entreprise*. Et quand il arrêtera...

— Bon, bon, d'accord, l'interrompit Kirk.

— Quand il arrêtera, continua Spock, soit l'équipage détruira le vaisseau parce qu'on l'aura privé de plaisir, soit il désertera comme un seul homme en se téléportant ici.

— C'est ce que je pense, approuva Marouk. Et si la Fédération envoie une flotte, celle-ci recevra le même accueil... Bienvenue au paradis, d'où personne ne part volontairement. Vous voyez, vous avez perdu — ou gagné, selon mon point de vue. Mais il n'y a aucune raison de sacrifier l'*Entreprise* et son équipage.

— Que veux-tu que nous fassions ? soupira Kirk.

— Trouvez une raison plausible d'éloigner votre vaisseau. Vous devez convaincre l'équipage que la situation est sous votre contrôle, afin que la Fédération accepte cette retraite. Je laisse cela à votre ingéniosité.

— C'est pour ça que vous nous vouliez tous les quatre ? demanda Spock.

— Vous n'auriez jamais abandonné Jim. Ensemble, vous pouvez éviter un conflit que la Fédération ne gagnera pas.

— Comment comptez-vous empêcher Scotty de nous ramener à bord ? demanda Kirk.

— Tous vos identificateurs biologiques ont été effacés, dit Marouk en désignant le bracelet. L'*Entreprise* ne pourra pas vous localiser.

Kirk consulta ses compagnons du regard.

— Tu ne nous laisses pas le choix...

Soudain, les lampes s'éteignirent, et le bruit sourd d'une explosion retentit au loin.

— On dirait, Marouk, que vous avez sous-estimé vos adversaires, dit tranquillement Spock.

[MESSAGE RADIO SUBSPATIAL]
<bien suprême humain interrogation>
>interrogation<
<philosophes humains :
bien suprême humain = bonheur>
>bonheur interrogation<

CHAPITRE VII

ENLÈVEMENT

Les portes qui donnaient sur la terrasse s'ouvrirent brusquement. Trois hommes armés, en cagoule et combinaison noire, se ruèrent dans la pièce. Derrière eux se tenait une femme, pareillement vêtue mais les mains vides.

— Inutile de résister, dit-elle. Nous ne voulons pas vous faire de mal.

— Linda ! souffla Marouk.

— Tu la connais ? s'étonna Kirk.

— Linda, je vous croyais morte !

— C'est ce que vous et votre satanée Machine préfériez croire, cracha la femme, haineuse.

Elle n'était pas vraiment belle, mais ses hautes pommettes, la fierté de son regard et son menton volontaire lui conféraient un grand charisme.

— Pouvez-vous faire les présentations ? ironisa McCoy.

— Voici Linda Jimenez, dit Marouk. Une ancienne élève d'Emmanuel DeKreef. Je ne sais pas qui sont ses amis.

— Vous pouvez les appeler des « combattants de la liberté ».

— Linda, je vous présente...

— Je sais, ils viennent de l'*Entreprise* : Kirk, Spock, McCoy et... ?

— Uhura, termina la spécialiste des communications.

— Vous ne nous voulez pas de mal, mais vous avez mis hors d'état notre station électrique et sans doute blessé des gens, protesta Marouk.

— La station est trop sophistiquée pour être détruite ; elle est toujours sous le contrôle de la Machine à Bonheur. Nous avons seulement coupé l'alimentation de la ville. Comme tout fonctionne manuellement, la panne n'affectera que quelques lignes d'assemblage.

— Ainsi que la Machine elle-même, fit remarquer le Vulcain.

— Vous êtes Spock, n'est-ce pas ? J'aimerais vous emmener, mais nous n'avons pas assez de place et le temps nous est compté. La Machine s'est constitué une réserve de courant et elle ne va pas tarder à réagir. Nous devons être partis d'ici là.

— Cette maison est hors de son contrôle, protesta Marouk.

— C'est ce que cette foutue Machine vous fait croire ! ricana Linda.

— Et la couchette que Dani a utilisée ? intervint Kirk.

— Elle est ici pour les seuls invités.

— Chaque fois qu'il y a paie, la Machine est derrière, affirma Linda avec un regard soupçonneux.

— Pas nécessairement...

— Ce que vous pensez n'a aucune importance, dit la jeune femme.

— Je ne comprends pas pourquoi le wampus ne nous a pas prévenus de votre arrivée, reprit Marouk.

— Le wampus c'était nous, fit Linda avec un grand sourire. Excellente imitation, n'est-ce pas ?

— Qu'espérez-vous gagner ?

— Ça, c'est ce que vous et votre Machine devrez découvrir. Mais vous me faites perdre mon temps. (Linda désigna Kirk.) Vous venez avec nous... même si j'ai l'impression que nous sommes arrivés trop tard, ajouta-t-elle en apercevant le bracelet du capitaine.

— C'est une erreur, affirma Marouk. La Machine à Bonheur ne tolère pas la violence.

— Et nous, nous ne *tolérons* pas la Machine à Bonheur, répliqua Linda en donnant le signal du départ.

Ils descendirent sur la plage où un homme gardait une petite embarcation. Linda fit monter Kirk, puis s'assit à côté de lui. Les quatre combattants mirent l'embarcation à flots et sautèrent dedans ; deux d'entre eux saisirent les rames tandis que les autres gardaient leurs armes pointées sur le capitaine de l'*Entreprise*.

— Inutile, dit Linda. Si j'ai bien compris, James Kirk est de notre côté.

— A condition que vous soyez du mien, fit observer le capitaine.

Linda éclata de rire. Un rire franc, qui plut à Kirk. La jeune femme aussi lui plaisait, mais pas au point de lui accorder une confiance aveugle.

— Et quel est votre côté ? s'enquit Linda.

— Celui de la Fédération. Ni celui de Timshel, ni celui de la Terre, ni celui d'une tribu locale, mais celui de la Fédération dans son ensemble.

— J'aimerais que ce soit aussi simple, soupira Linda. Dans la réalité, le bien et le mal sont intimement mêlés.

Un des rameurs s'arrêta et fit signe à la jeune femme de se retourner. Sur la falaise, les fenêtres de Marouk étaient allumées.

— Plus tôt que j'avais prévu, murmura Linda.

— Aïe ! gémit Kirk en secouant son bras, ça fait mal !

— Déjà ? s'exclama la jeune femme.

— La Machine à Bonheur ? grinça Kirk.

— Elle essaie de prendre possession de vous. Pouvez-vous résister ?

— Ça dépend combien de temps ça va durer... et si c'est trop douloureux..., balbutia Kirk en essayant de lutter contre la douleur qui prenait possession de son corps. Il faudrait enlever ça...

La souffrance diminua un moment puis revint, encore plus forte.

— Je voudrais vous aider mais... Essayez de tenir encore un peu. Ça y est, nous y sommes ! s'écria Linda.

Un monticule gris surgit des eaux dans une gerbe d'éclaboussures, puis se stabilisa au gré des vagues.

— Un wampus ? s'étonna Kirk.

— Un véhicule qui ressemble à un wampus, rectifia Linda. Et qui produit les mêmes ondes sonores.

Une écoutille s'ouvrit sur le dos du monticule. Un des hommes la tint ouverte tandis que les autres descendaient dans les entrailles de la bête, suivis par Kirk et Linda. Quand le dernier combattant descendit l'échelle, l'écoutille se referma avec un claquement sourd. La douleur du capitaine se fit moins forte.

Ils se trouvaient dans une petite pièce métallique pleine d'instruments de mesure. Kirk apprécia la proximité de Linda. Celle-ci avait un corps élancé, presque masculin, mais sa féminité s'affirmait malgré tout, ne demandant qu'à se manifester. C'était encore plus excitant que la beauté ordinaire.

Quatre hommes sortirent par des portes ménagées dans les cloisons de l'habitacle.

— Plongez, vite ! ordonna Linda. Je me fais peut-être des idées, mais je commence à me sentir joyeuse.

— La satisfaction d'avoir réussi une opération, suggéra Kirk.

L'homme aux commandes abaissa une manette, et le navire se mit à vibrer.

— C'est peut-être vrai, répondit Linda, mais nous ne pouvons pas prendre de risques. (Elle se tourna vers Kirk, consternée.) Quel est ce monde où on ne peut distinguer entre la satisfaction du travail bien fait et des sentiments imposés par une machine diabolique ?

— J'espère que mes amis n'ont pas subi la même chose, dit Kirk en levant le bras.

Linda haussa les épaules, comme pour signifier qu'il fallait s'attendre à tout.

— Nos ancêtres acceptaient le bonheur comme un cadeau naturel et non comme une récompense. Ils ont vécu ainsi pendant des millénaires, déclara Kirk.

— Nous avons tout abandonné quand nous sommes partis dans l'espace, renchérit Linda. Maintenant, nous devons à nouveau lutter pour notre liberté.

— Pourquoi la douleur a-t-elle cessé ? demanda Kirk.

— Nous pensons que l'eau et la coquille du navire constituent une barrière naturelle contre les ondes de la Machine à Bonheur.

— Ne comptez pas trop là-dessus, dit sombrement Kirk. Les ondes se propagent mieux dans l'eau que dans l'air, bien qu'avec une fréquence différente ; elles peuvent même traverser le métal. Il n'y a aucune raison pour que la Machine soit arrêtée par l'océan.

Linda hocha la tête.

— Nous savions que le temps jouait en sa faveur. C'est pourquoi il nous a fallu partir très vite...

— Pour me kidnapper ?

— Nous étions prêts à périr pour saboter ou détruire la Machine à Bonheur. Mais la possibilité de nous faire aider par un vaisseau de la Fédération rend l'opération moins hasardeuse.

— Vous croyez que l'*Entreprise* peut vous aider ?

— Vous en avez le pouvoir.

— Un pouvoir est limité par les ordres et le règlement...

— Sauf si nous vous persuadons que le danger est si grand et l'urgence telle que vous devez agir en dépit des lois...

— Ça risque d'être difficile.

— Pas si nous arrivons à démontrer que la Fédération elle-même est en danger...

Le salon de Marouk semblait plus grand et plus vide sans Kirk. Le soleil se couchait. McCoy regarda ses compagnons.

— Vous ne vous lancez pas à leur poursuite ? demanda Marouk.

— Je ne pense pas, répondit McCoy.

— Ce ne serait pas sage, renchérit Spock.

— Il est évident que les ravisseurs ne veulent pas de mal à Jim, dit le docteur. Cet incident est une chance de prendre contact avec l'opposition.

— Cette situation complexe nécessite d'être clarifiée avant d'entreprendre toute action rationnelle, déclara Spock. L'enjeu est beaucoup plus important qu'il y paraît, ajouta-t-il sombrement.

— Ne nourrissez pas de faux espoirs, dit sèchement Marouk. Pour avoir une chance de réussir, il faut être réaliste. Le groupe de Linda est petit et manque de moyens. Il représente une menace insignifiante.

Le soleil était couché ; les lumières s'allumèrent.

— Apparemment, soupira McCoy, la Machine à Bonheur est guérie. Monsieur, dit-il en se tournant vers Marouk, quelles sont vos intentions ? Sommes-nous autorisés à faire notre travail librement ?

— Et quel est votre travail ?

— Vous neutraliser, répondit Uhura.

— Nous n'avons pas encore compris le rôle de Marouk dans cette histoire, et nous n'y parviendrons pas aujourd'hui, intervint McCoy. Je pense que nous devrions le laisser agir jusqu'à ce que nous en sachions davantage. Notre intention est de découvrir le fonctionnement de la Machine à Bonheur, ajouta-t-il.

— Et l'intention de la Machine est d'offrir le bonheur à tous, riposta Marouk. Vous y compris.

— Jamais ! s'écrièrent en chœur Uhura et McCoy.

— Ça dépend du contexte, tempéra Spock. Le meilleur moyen de savoir comment fonctionne la Machine est d'en faire l'expérience.

— Vous avez vu le résultat sur les autres... et vous voulez quand même la laisser vous mettre la tête à l'envers ? s'étrangla McCoy.

— On dirait que j'ai plus confiance en ma tête que vous, répliqua Spock.

— Bien dit, intervint Marouk. J'admire votre courage. Et la Machine à Bonheur dispose d'autres arguments de persuasion. Ne sentez-vous pas un pincement dans votre bras ? La douleur ne tardera pas à devenir insupportable ; elle cessera si vous acceptez de devenir citoyens et de recevoir la paie. Je n'y peux rien : la décision n'est pas entre mes mains.

— Elle est dans les nôtres. Vous en avez fait assez ! gronda McCoy en avançant vers Marouk.

A ce moment-là, quelqu'un frappa à la porte.

Spock, McCoy et Uhura quittèrent la villa escortés par Wolff et une demi-douzaine d'agents en uniforme. Les trois officiers portaient un petit inducteur de sommeil derrière la tête. Tout en marchant, Spock étudiait l'environnement pour estimer les possibilités de fuite.

— Regardez devant vous, dit Wolff. Vous n'avez aucune chance de vous sauver : les citoyens vous dénonceraient et l'*Entreprise* est incapable de vous récupérer. Votre bras vous fera bientôt si mal que vous aurez envie de le couper. Le docteur McCoy nous suppliera peut-être de le laisser faire... Mais, je vous préviens, toute opération serait fatale.

— Vous sous-estimez notre endurance, déclara Spock. Agent Wolff, comment avez-vous si facilement retourné votre veste ? Je pensais qu'un membre de la Fédération était loyal par nature.

— Je suis un homme pragmatique, répondit Wolff sans réagir à l'insulte. Quand la loyauté envers la Fédération avait un sens, j'étais fidèle. La douleur reste supportable, j'espère, demanda-t-il avec une fausse sollicitude. La Machine à Bonheur est de loin ce qu'il y a de plus pragmatique au monde. Ses rétributions sont immédiates, mesurables et universelles. Pas de promesses non tenues, pas d'objectifs illusoires, pas de déception. Bonheur pur et gratuit, accepté sans culpabilité.

— Et la dégradation inhérente au processus ? demanda Uhura.

— Ai-je l'air dégradé ? Non. Parfois, il arrive que des gens ne supportent pas le bonheur... C'est la sélection naturelle. Mais s'ils meurent, ils meurent heureux.

Bien qu'ayant déjà effectué la moitié du chemin, Spock cherchait toujours un moyen de s'échapper. McCoy se rapprocha de lui.

— Nous sommes bravaches à souhait, dit-il à voix basse. Mais je ne sais pas si je tiendrai longtemps. Uhura non plus.

— Méditez. Le pouvoir de l'esprit est illimité.

— On ne chuchote pas dans les rangs ! cria Wolff.

Ils entrèrent dans le bâtiment du Gouvernement Mondial, où ils comprirent qu'ils allaient être séparés. Spock remarqua que les trois portes avaient des verrous.

— Quoi qu'il arrive, conseilla le Vulcain à ses camarades, souvenez-vous : un pour tous et tous pour un.

La première porte claqua derrière Uhura.

— Spock ! s'écria McCoy tandis qu'on le poussait dans la deuxième pièce. Spock ! Faites attention !

— Agent Wolff, j'aimerais vous parler un instant, dit le Vulcain.

La porte se referma sur McCoy.

Le sous-marin comportait deux cabines avec hamacs. L'une d'elles servait de réfectoire. Une table et un banc escamotables étaient les seuls meubles de la minuscule cuisine dotée d'un four à microfusion. Linda dormait dans une cabine individuelle aussi grande qu'un placard.

La jeune femme expliqua à Kirk que le sous-marin, initialement prévu pour étudier les wampus (d'où sa forme), avait été mis au point par une équipe de chercheurs océanographiques. Quand la Machine à Bonheur avait pris le pouvoir, les scientifiques étaient entrés dans la clandestinité. Par précaution, Linda ne révéla ni leur nombre ni leur localisation.

Lorsqu'ils remontèrent à la surface pour faire de l'air et purger les ballasts, Kirk eut froid et dut se faire prêter un chandail. Linda et lui sortirent. Voyant les plaques de glace qui les entouraient, le capitaine comprit qu'ils se dirigeaient plein nord.

Que ce soit en surface ou dans l'eau, le submersible allait très vite. Son groupe-moteur atomique muni d'un détecteur de proximité lui permettait d'éviter automatiquement les obstacles.

Au cours de la première remontée, Kirk ressentit une telle douleur au bras qu'il se hâta de descendre le plus loin possible dans les profondeurs du navire.

La deuxième fois, il n'eut presque pas mal.

La troisième, la souffrance fut quasiment intolérable, mais il resta sur le pont tant le paysage était fascinant. Puis son bras fut envahi par une sensation aussi délicieuse que soudaine. Se sentant en proie à une joie anormale, il se précipita en bas, terrifié.

Le navire croisa des bancs de poissons ayant de larges rayures orange sous le ventre. D'autres arboraient des cercles bleus autour de la queue. L'océan était une palette de couleurs. D'énormes créatures globuleuses et diaphanes flottaient comme des arcs-en-ciel.

Kirk eut l'impression d'être Darwin sur le *Beagle*. Ils rencontrèrent des prédateurs, formes sombres et furtives, des poissons volants et un groupe de wampus qui avançaient lentement, dans la même direction que le submersible.

Lors des premières remontées, ils avaient vu des îles verdoyantes et sans doute inhabitées. Puis la terre ne se présenta plus que sous forme de falaises désolées ou d'îlots rocheux couverts de glace. Les poissons se raréfièrent, mais pas les wampus, qui se nourrissaient de crustacés et de petits mammifères aquatiques imprudents.

Un soir, ils croisèrent un iceberg. Il faisait froid et il n'était plus question de rester sur le pont. Le lendemain matin, Kirk entendit le moteur s'arrêter. Linda annonça qu'ils étaient arrivés.

Lorsqu'ils sortirent, Kirk vit que le sous-marin accostait un appontage spécial. Linda expliqua qu'il s'agissait de la station d'étude initiale sur les wampus. Plus loin, se dressaient quelques baraques métalliques et un dôme de matière plastique — une serre ? A l'arrière-plan, une falaise de glace surplombait le petit bâtiment. Le glacier était entouré de pics scintillant au soleil.

Un vent glacial soufflait sans répit. Kirk frissonna. Le Q.G. des forces rebelles était minuscule ; les baraques ne devaient pas contenir plus d'une dizaine de personnes chacune.

— Pour des révolutionnaires, vous m'avez emmené bien loin du lieu de l'action, dit-il en se retenant de claquer des dents.

— C'est un des rares endroits de la planète hors d'atteinte de la Machine à Bonheur, expliqua Linda.

— Comment en êtes-vous certains ?

— Sentez-vous votre bracelet ?

— Non. Mais la Machine est capable de dissimuler sa présence.

— Il y a plus. Nos émissions ne sont pas brouillées, bien que la Machine à Bonheur ait pris possession des satellites de communication.

— Qui se situent sur l'orbite équatoriale ?

— A peu de choses près.

— La Machine pourrait-elle en envoyer un sur une orbite polaire ?

— En effet. Mais ses énergies sont concentrées sur la distribution de bonheur. Et ses capacités techniques sont peut-être limitées : tout le monde, scientifiques et ingénieurs compris, s'est reconverti au travail manuel.

Avant d'entrer, Kirk voulut profiter de la dernière occasion de parler sans témoin avec Linda. Il posa la main sur son bras et ressentit une curieuse sensation, comparable à la stimulation de la Machine à Bonheur. Mais c'était sa main droite... Il secoua la tête.

— Que se passe-t-il quand ça bouge ? demanda-t-il en désignant la montagne de glace.

— D'après les scientifiques, ça ne s'est pas produit depuis dix millions d'années. J'espère qu'ils ne se trompent pas..., dit Linda sans chasser la main de Kirk.

— Comment saviez-vous que je serais dans la villa de Marouk ?

— Facile. Il nous avait prévenus.

— Il vous l'a dit ?

— Pas à moi ! Il croyait que j'avais péri dans un accident aérien ! D'après DeKreef, je suis la personne qui connaît le mieux la Machine à Bonheur. Marouk a envoyé un message codé au groupe rebelle ; il nous a suffi d'attendre au large.

— Et vous l'avez cru ? s'écria Kirk, réalisant aussitôt que lui aussi avait fait confiance à son ami.

— Il reste en contact radio avec les rebelles, sans doute protégé par l'immunité dont il est si fier. Jusqu'à présent, toutes les informations qu'il nous a fournies étaient exactes.

Kirk soupira.

— Je ne vois pas en quoi je peux vous être utile, ni comment je pourrais réussir à neutraliser la Machine...

A quoi joue Marouk ?

[MESSAGE RADIO SUBSPATIAL]
<humains veulent = bonheur>
>humains veulent interrogation<
<veulent = désirent>
>désirent interrogation<

CHAPITRE VIII

UNE RÉVOLUTION DANS UNE BOUTEILLE

Linda ouvrit la porte de la baraque et Kirk pénétra dans un autre monde : un univers de chaleur, à la fois physique et humaine. Au centre de la pièce, un baril avait été transformé en poêle à combustible fossile. Son gros tuyau d'évacuation traversait le toit, répandant une bienfaisante chaleur.

Contre le mur de gauche était installée la « cuisine », soit une plaque à six brûleurs, deux placards, trois gros frigos, des boîtes, des bidons, des couverts, un lave-vaisselle à ultrasons et un tas de gadgets inconnus de Kirk.

La partie de droite était aménagée en une série de petites pièces raccordées à une fosse septique par un collecteur chauffé. Kirk pria pour qu'il y ait des toilettes : il se voyait mal se soulager dehors par ce froid.

Non loin du poêle se trouvaient deux rangées de tables flanquées de bancs. *Six tables de six, donc de quoi faire manger trente-six personnes. Douze de plus si on rapproche les chaises.*

Le long du quatrième mur étaient repliés des chaises longues et des fauteuils en toile. Kirk vit aussi deux tables carrées avec une chaise de chaque côté. Les gens qui les occupaient étaient vêtus d'habits rudimentaires mais chauds.

Une trentaine de personnes travaillaient ou conversaient dans la pièce — des adultes entre vingt-cinq et soixante ans. La majorité étaient des hommes, barbus à cause du froid, mais Kirk aperçut six femmes.

Le capitaine fut chaleureusement accueilli. Linda lui précisa que ceux qui travaillaient dehors viendraient les rejoindre au moment du déjeuner. Il fallut beaucoup de volonté à Kirk pour dissimuler son découragement à la vue du petit groupe. Une trentaine de rebelles, rassemblés loin de tout... Quelle impossible mission s'étaient-ils fixées ?

Un visage masculin se distinguait des autres : celui d'un homme de grande taille, aux longs cheveux blonds et aux yeux bleus. On aurait dit un vrai Viking, du temps de la conquête des territoires terriens. C'était un des plus âgés du groupe.

— Linda ! dit-il en se levant pour étreindre la jeune femme. Mission accomplie, bravo ! (Il se tourna vers le nouveau venu.) Voici donc le fameux capitaine Kirk ?

— Capitaine, je vous présente le professeur Arne Johannsen, dit Linda. Il est le président de notre comité d'action. Avant la révolution, il faisait partie du groupe de xénobiologistes qui étudiaient les wampus.

Kirk prit la grande main tendue vers lui.

— Président du comité d'action. Cela signifie-t-il que vous en êtes le responsable ?

— Nous fonctionnons selon un mode démocratique, capitaine. Nous ne possédons pas de hiérarchie comme dans un vaisseau stellaire. Nous n'avons pas de chef, seulement un président pour organiser et conduire les discussions. Avez-vous déjeuné ?

— Oui, répondit Linda.

— Pouvons-nous vous offrir quelque chose d'autre que les aliments lyophilisés du *Nautilus ?*

— Du café timshellien ? demanda Kirk, les yeux brillants.

— Désolé, nous n'avons plus de café depuis un an. Mais nos chimistes nous ont concocté un ersatz tout à fait convenable.

— Merci. Je crois que j'attendrai...

— Comment la mission s'est-elle déroulée ? demanda Johannsen à Linda.

— Comme prévu. Marouk a joué son rôle.

— Kemal est l'un des vôtres ? s'étonna Kirk.

— Marouk est une pièce mystérieuse, grimaça Johannsen. Sera-t-il blanc ou noir à la fin ? Nous l'ignorons. Tout ce que nous savons, c'est qu'il coopère discrètement avec nous, et peut-être avec d'autres groupes de dissidents, s'il en existe, tout en servant officiellement la Machine à Bonheur... Et en fricotant avec la Fédération.

— Il a cessé d'être notre allié quand il nous a imposé ça, dit Kirk en montrant son bracelet.

— Hélas, nous ne pouvons vous l'enlever, soupira Johannsen. Quand nous avons essayé sur des volontaires, les bracelets se sont auto-détruits et les hommes ont péri dans d'atroces souffrances. Venez, parlons plutôt de notre plan.

Les deux compagnons s'installèrent près du poêle. Le vent s'infiltrant par les interstices des murs, les dîneurs pouvaient avoir le dos gelé et le visage rôti. Les autres scientifiques retournèrent à leurs occupations.

— Voulez-vous aller aux toilettes ? demanda Johannsen en désignant une porte, sur la droite.

Heureux d'avoir deviné juste, Kirk fit signe que non. Il montra son poignet gauche.

— Vous ne pouvez pas l'enlever, d'accord. Mais la Machine ne peut-elle vous espionner par son intermédiaire ?

— C'est peu vraisemblable : nous aurions déjà été éliminés. Dans le doute, nous acceptons le risque.

Kirk hocha la tête.

— L'*Entreprise* est un facteur nouveau ici, expliqua-t-il. Nous ne pouvons exclure l'idée que la Machine à Bonheur utilise votre groupe pour piéger la Fédération et ses émissaires. Il faut aussi envisager la possibilité que Marouk coopère dans le seul but d'introduire chez vous un espion muni d'émetteur.

— N'empêche que l'*Entreprise* est vital pour nos projets, dit Johannsen.

— Soyons francs. Quelle chance votre petite bande a-t-elle contre les ressources presque infinies de la Machine ?

— Si ma mémoire est bonne, intervint Linda, la révolution soviétique a été lancée par une poignée de gens et la française par un petit groupe d'aristocrates contestataires. Quant à celle de Kartha V, elle a été faite par cinq fermiers affamés.

— Et si *ma* mémoire ne me trompe pas, répliqua Kirk, ces révolutions ont réussi grâce au mécontentement général de la population. Sur Timshel, vous vous heurtez à une adhésion et une apathie générales. Qui allez-vous soulever ?

— C'est exact, admit Johannsen. Mais il existe deux différences majeures avec les cas précédemment évoqués. La première est que nous ne nous adressons pas aux masses ; la seconde est que tout le système est concentré en un seul point. Si nous détruisons celui-ci, le reste s'effritera.

— Facile à dire. Mais cet avantage risque de ne plus en être un. Marouk pense que la Machine est constituée d'ordinateurs organisés en série, comme les anneaux d'un ver — qu'elle n'est plus un simple calculateur. S'il a raison, chaque élément est remplaçable à l'infini. Avec deux millions d'yeux qui envoient leurs rapports à la Machine et tout l'appareillage technique qu'elle contrôle, comment voulez-vous atteindre votre fameux « point » unique ?

— Nous devons essayer, dit Linda, les yeux dans le vague. Vous ne savez pas ce que c'est... Voir votre famille et vos amis transformés en créatures décérébrées et obsessionnelles.

— Je *sais* ce que c'est, lui assura Kirk. Mais vous êtes-vous demandé ce qui leur arriverait en cas de rupture du lien qui les unit à la Machine ?

— Nous y avons pensé, répondit Johannsen. Nous avons tous des membres de notre famille pris dans cette toile d'araignée. Nous savons qu'ils peuvent connaître une mort horrible, et que, s'ils survivent, leur personnalité risque d'en être affectée pour toujours.

— Ils peuvent ne jamais nous pardonner, ajouta Linda. Mais nous devons prendre ce risque.

Comme avec les « branchés », se souvint Kirk.

— J'ai dit à Marouk que je préférais voir sa fille morte plutôt qu'heureuse dans les bras de la Machine à Bonheur. Il a dit que c'était « un paradoxe typiquement humain ». Plutôt mort qu'heureux : une alternative dramatique.

— Nous nous attachons trop aux mots, dit Johannsen. Bonheur, mort... Le bonheur peut être une sorte de mort : celle de l'esprit, de la volonté, de l'individu, de l'espèce. Les races évoluent grâce à l'insatisfaction, que celle-ci soit générée par l'environnement ou par des désirs sophistiqués.

— Certainement. Mais... vous êtes si peu, soupira Kirk en faisant un geste de la main.

— « *Nous ne sommes pas nombreux, certes...* » commença Johannsen.

— J'ai lu Shakespeare, l'interrompit Kirk. Le roi Henri d'Angleterre disposait de plusieurs milliers de soldats et d'une arme secrète : des arcs à longue portée inconnus des Français.

— Nous avons également une arme secrète, intervint Linda.

A l'extérieur retentit un craquement sinistre suivi d'une secousse. Kirk leva les yeux vers le plafond.

— Ne vous inquiétez pas, sourit Johannsen. Notre ami le glacier se retourne dans son lit.

Le capitaine Kirk s'étira.

— Bien... Exposez-moi vos plans.

— Une de nos armes secrètes est liée de la nature de notre groupe, expliqua Linda. Nous sommes tous des scientifiques de disciplines différentes, et nous travaillons ensemble depuis deux ans.

— Nous nous sommes divisés en groupes tactiques et groupes d'action, continua Johannsen. Nous avons développé des stratégies dont certaines, il faut l'admettre, sont tirées par les cheveux. Mais d'autres semblent assez réalistes pour que nous puissions commencer à y travailler.

— Je vous écoute.

— Des vaisseaux spatiaux automatisés, chargés de denrées diverses, reviennent régulièrement des planètes géantes, des astéroïdes et des lunes. Si nous pouvions prendre le contrôle de l'un d'eux et le faire écraser sur le bâtiment du Gouvernement Mondial...

— Un plan de fortune contre un processus bien établi et longuement éprouvé... De plus, vous opposerez des réflexes humains à la rapidité informatique, objecta Kirk. Vos chances de réussir sont quasiment nulles.

— Avec l'*Entreprise*, vous avez les moyens de les augmenter considérablement, fit remarquer Linda.

— Pour vous aider, mon navire devrait sortir dans l'espace normal, ce qui le rendrait vulnérable. Et les ressources d'un vaisseau stellaire sont ridicules comparées à celles d'une planète. D'ailleurs, je suppose que la Fédération n'autorisera jamais une opération mettant en danger la population d'une ville entière.

— Nous allons essayer de vous faire changer d'avis, dit Johannsen. Si ce n'est à propos de notre plan, du moins sur la participation de l'*Entreprise*.

— Vous devriez savoir que la Prime Directive nous interdit d'intervenir dans le développement normal d'une société.

— Je sais également que cette directive a été violée en plusieurs occasions. Comment pouvez-vous affirmer, par exemple, que la Machine à Bonheur est un développement *normal* ?

— J'écoute vos idées suivantes, soupira Kirk.

Il n'avait pas dit « vos idées absurdes », mais il l'avait pensé si fort que les autres se rembrunirent.

— Nous avons mis au point des actions de guérilla — comme, par exemple, le sabotage du sectionneur ayant permis votre sauvetage.

— Ou mon *enlèvement*... Les groupes de guérilla ne peuvent survivre qu'avec la complicité d'une partie de la population. Ce sont des actions risquées, et vous n'êtes pas assez nombreux pour remplacer ceux des vôtres qui tomberaient.

— J'ai travaillé sur un virus informatique, annonça Linda.

— Ça, c'est une idée !

— Je connais la Machine à Bonheur mieux que personne — à part DeKreef et Marouk, bien sûr —, continua la jeune femme, heureuse d'avoir enfin obtenu une réaction positive. J'ai aidé DeKreef à écrire le programme de base, sans savoir sur quoi je travaillais car il gardait pour lui les parties importantes du système.

— Et que ferait votre virus ?

— En réalité, il y en a deux. Le premier doit neutraliser les fonctions actives du programme : la Machine pourra encore réfléchir et faire des projets, mais pas agir. Elle sera ainsi isolée.

— Et le second ?

— Il réécrira les directives de base.

— Qui sont ?

— Nul ne les connaît à part DeKreef, et il doit être incapable d'en parler : il a sans doute oublié. J'ai essayé de lire ses fichiers avant de m'enfuir, mais il a dû détruire toutes les copies après l'installation du programme.

— L'ordinateur agit comme si son devoir était de donner le bonheur aux humains, ajouta Johannsen.

— Mais il doit posséder un système de valeurs hiérarchisées, de façon à savoir dans quel ordre les opérations doivent être effectuées, expliqua Linda.

Kirk hocha la tête.

— Je comprends.

— Une de ces structures doit être : travail puis paie. Une autre : si un citoyen ne porte pas de bracelet, il faut le persuader de le faire.

— Ou l'y forcer, grimaça Kirk.

— J'ai le sentiment qu'il ne s'agit pas là d'une action de la Machine, souffla Linda. Je crois qu'elle a interdiction de faire du mal aux gens.

— Du moins directement, ajouta Johannsen. Parfois, elle semble capable de rationaliser une action à long terme pour obéir à ses directives. Elle agit alors même si son action immédiate est violente... à condition que cette violence soit indirecte.

— Elle peut même recourir des processus qui mettent la vie humaine en danger. Nous pensons qu'elle les considère comme des accidents.

— Et quel serait le rôle de votre virus informatique ?

— Remplacer son « mandat ».

— Par quoi ?

— Le respect de la liberté humaine.

Ils restèrent un moment silencieux, dos au poêle, à écouter le vent siffler.

— La Machine à Bonheur agit comme si elle était douée d'une volonté indépendante, fit observer Kirk.

— Comment le savez-vous ? demanda Linda.

— Je lui ai parlé. On aurait dit qu'elle n'avait aucune limite mécanique.

— Le test de Turing.

— De quoi s'agit-il ?

— Si elle donne des réponses identiques à celles de créatures dotées de sensibilité, elle doit l'être également, affirma Linda. Mais ce n'est pourtant pas la même chose : ces créatures-là ne peuvent pas être reprogrammées.

— La Machine à Bonheur l'a bien fait avec les citoyens de cette planète..., fit remarquer Kirk, ironique.

— Ce n'est qu'une apparence. En fait, elle profite de la faiblesse humaine.

— A l'heure qu'il est, elle a peut-être étendu sa programmation en transformant ses logiciels en matériel. Dans ce cas, votre virus ne trouvera rien à se mettre sous la dent.

— Nous ne pouvons qu'espérer que ce ne sera pas le cas.

— Comment comptez-vous introduire ce virus ?

Linda secoua la tête.

— C'est tout le problème.

— Bien que l'information circule continuellement dans la Machine à Bonheur, dit Johannsen, elle ne possède ni terminaux, ni stations, ni liaisons directes de programmation.

— Ils ont certainement été détruits par DeKreef, avança Linda.

— Ou par la Machine, suggéra Kirk.

— Mais nous avons un plan, reprit Johannsen. La Machine reçoit des signaux des bracelets. Un « feed-back ».

— Si je comprends bien, vous voulez programmer un faux bracelet avec votre virus...

— Oui. Mais l'ordinateur n'acceptera pas un faux bracelet, expliqua Linda. Nous introduirons le virus informatique dans le matériel génétique de celui de la grippe. Ainsi quand la Machine enverra une paie à un volontaire, l'information contenue dans le virus en question reviendra à l'ordinateur comme un boomerang.

— Ce sera mon rôle, déclara Kirk en levant le poignet.

— Non ! protesta Johannsen. Nous avions décidé que *je* serais le cobaye...

— Je suis le seul à porter un bracelet, souligna Kirk. De plus, vous êtes des scientifiques.

— En effet, dit Linda pensivement. Vous êtes déjà *enchaîné*. Ce serait stupide de perdre quelqu'un d'autre. Et, comme vous le savez sans doute, les Tim-shelliens ont développé une immunité antibactérienne et antivirale. Cela dit, la maladie peut ne pas prendre... Même sur vous.

— Le revers de la médaille, ajouta Kirk, c'est que nous ignorons comment je réagirai à la paie.

— Personne ne le sait, soupira Linda.

— Nous pensons être forts, ajouta Johannsen. Nous croyons pouvoir goûter au paradis et nous en détacher. Mais presque tout le monde succombe...

— J'ai très peur, avoua Kirk. Mais je prends le risque.

— D'accord, dit Johannsen après avoir longuement fixé le capitaine. Nous acceptons, et nous vous sommes très reconnaissants.

« Il nous reste une solution de dernier recours, ajouta-t-il. Nos physiciens ont construit une bombe atomique. Elle n'est pas très sophistiquée car nous ne disposons pas de deutérium ou de tritium. Mais ce que nous avons bricolé est suffisant pour détruire la capitale de Timshel. »

— Comment comptez-vous l'envoyer ?

— Par le *Nautilus* jusqu'au port. Elle exploserait au moment de la remontée en surface.

— Hors de question ! dit Kirk. Ça ferait plus de dégâts que la chute d'un vaisseau stellaire.

— En effet. Comme je le disais, c'est une solution de dernier recours. Vous êtes le seul à pouvoir nous empêcher d'en faire usage.

— Comment ?

— En violant la Prime Directive et en nous assistant avec l'*Entreprise* lors de la phase ultime de notre plan.

— Impossible.

Dehors, le glacier rugit et le bâtiment trembla. Linda et Johannsen n'y firent pas attention.

Il arrive, se dit Kirk, *que les gens soient trop près du danger pour le voir...*

[MESSAGE RADIO SUBSPATIAL]
<humains = désirs
ordinateurs = instructions>
>humains = naissance
ordinateurs = construction<
<humains = croissance
ordinateurs = additions>
>humains = chair
ordinateurs = métal<

CHAPITRE IX

LES MEILLEURS PLANS...

La conversation fut interrompue par le déjeuner. Les préposés aux repas décongelèrent des morceaux de poisson, ouvrirent des boîtes, reconstituèrent des produits lyophilisés, mélangèrent le tout avec des légumes frais de la serre et réussirent un ragoût très appétissant. *Un vrai travail de gastronome*, se dit Kirk.

Johannsen, Linda et lui s'installèrent à table avec l'équipe du matin. Le capitaine en profita pour faire connaissance avec les scientifiques, particulièrement Jawaharlal Srinivasan, celui qui avait fabriqué la bombe, et Miriam Achebe, celle qui avait introduit le virus informatique dans celui de la grippe. Leur intelligence et leur concentration étaient impressionnantes ; on les sentait obsédés par leur tâche.

En guise de boisson, il n'y avait que de l'eau et du lait très savoureux.

— Où trouvez-vous du lait ici ? s'étonna Kirk.

— Chez les wampus, expliqua Linda.

— Ce sont des mammifères ?

— Oui, comme la baleine sur Terre.

— Mais comment faites-vous pour les traire ? interrogea Kirk avec une mimique qui fit rire Johannsen.

— Quand leur petit est sevré, il arrive que les femelles wampus produisent encore du lait. Elles arrêtent la montée à volonté, mais le processus prend quelques jours. Pendant cette période, elles viennent sur la plage et se couchent sur le dos... Il ne nous reste qu'à adapter une trayeuse à leurs mamelles. Le spectacle mérite d'être vu, ajouta Johannsen.

— Je veux bien le croire ! s'exclama Kirk.

— Nous devons notre survie aux wampus, ajouta Linda. Leur lait est un aliment complet qui apporte tous les éléments nécessaires au corps humain.

— Comment savent-ils ce dont les hommes ont besoin ?

— Les wampus ont la capacité d'adapter leurs fonctions corporelles à l'environnement, expliqua Linda. Au début, nous ne supportions pas leur lait : il nous donnait des vomissements, des diarrhées.

— Mais les wampus ont réussi à l'adapter à la physiologie humaine ?

— Difficile à croire, n'est-ce pas ? sourit Johannsen. Nous leur avons confié des échantillons de tissus et de fluides humains ; ils ont fait le reste.

Kirk en resta bouche bée.

— Ce sont les êtres les plus merveilleux que l'humanité ait jamais rencontrés !

— C'est peu dire. Et ils sont intelligents, sans doute plus que nous.

— A cause de leur physiologie ?

— A cause de leur cerveau. Il est plus grand que le nôtre, considérablement plus complexe... et, je dois dire, beaucoup mieux adapté à leur corps. A la différence des humains, les wampus n'ont pas de désirs irrationnels. Ils ne font pas la guerre, ne se battent pas entre eux, ne violent pas leurs femelles... Ils protègent les jeunes et les faibles. J'ai vu une mère offrir son lait à un vieux qui ne pouvait plus chasser.

— Et quoi encore ? demanda Kirk, conquis.

— Ils ont de grandes pensées, ajouta Johannsen. Leur mémoire génétique remonte au temps où ils vivaient sur Terre, avant de revenir dans leur élément natal. Les wampus n'ont pas tout à fait perdu les vestiges de leurs jambes : certains muscles servent à guider leur propulsion caudale.

« Leurs capacités mentales ne sont pas *encombrées* : il leur suffit de satisfaire leurs besoins quotidiens. Alors ils réfléchissent à la place de la vie dans l'univers, à la façon dont elle peut évoluer dans d'autres environnements. Ils étudient le sens des choses...

La vérité éclata dans le cerveau de Kirk.

— Si vous savez tout ça, souffla-t-il, en état de choc, c'est que vous possédez une autre arme secrète. (Johannsen hocha la tête.) Vous êtes entrés en communication avec les wampus !

C'était une découverte aussi importante que le Traducteur Universel. La laisser disparaître était impensable. Kirk était plus que jamais résolu à combattre la Machine à Bonheur au nom de l'objectif fondamental de toute intelligence : la compréhension de l'univers.

— Comment avez-vous l'intention d'utiliser les wampus ? En tant qu'arme ?

— Plutôt en tant que protection. La Machine ignore que avons établi cette communication. Les wampus ne savent pas ce qu'est une « arme » ; ils n'ont rien qui puisse nous aider à combattre ou à détruire la Machine. Ils ne comprennent pas les mots « joie », « bonheur », ou « tristesse ».

— Que comprennent-ils ?

— Le processus de la vie. L'intégration de la pensée dans le corps, du soi dans le groupe, du groupe dans l'environnement. Ce sont les grands philosophes de l'univers.

— Drôle de philosophie, qui ne connaît ni bonheur ni tristesse...

— Imaginez les difficultés que nous rencontrons, soupira Johannsen. Actuellement, nous n'utilisons que des verbes et des substantifs, dans la mesure où le wampus conçoit des objets agissant sur d'autres objets ou des objets distincts de leur environnement. Mais le travail de correspondance des concepts, bien que difficile, avance rapidement.

— Comment cela s'est-il passé ? demanda Kirk tandis qu'ils retournaient à leur place près du poêle.

— Grâce à eux. Ils ont toujours aimé s'approcher des humains, soit par curiosité, soit par désir de protection ou de communication. Mais ils sont incapables de prononcer des mots.

« Nous avons enregistré leurs sons et leur en avons envoyé en retour, sans résultat. Enfin, nous nous sommes intéressés aux ultrasons qu'ils émettent dans les profondeurs, et nous avons réalisé que c'était un de leurs modes de communication. Très compliqué, très modulé. »

— C'est fantastique ! Mais... qu'espérez-vous vous d'eux, à part les faire tuer ?

— Jamais ! s'écria Linda.

— Nous mourrons d'abord, affirma Johannsen. Les wampus sont mentalement et éthiquement supérieurs aux humains. Nous n'avons rien à faire sur la même planète qu'eux, mais ça ne les dérange pas. Rendez-vous compte : ils nous *aiment !*

— Puisqu'ils sont si évolués, que suggèrent-ils concernant la Machine à Bonheur ?

— Ils ont du mal à comprendre les machines, et encore plus que nous dépendions de l'une d'elles pour obtenir ce que nous croyons être la récompense suprême.

116

Leur seule préoccupation est la philosophie, dit Johannsen.

« Ils pensent que le bonheur, la tristesse, la joie ou le chagrin n'existent pas. Pour eux, il n'y a que le mouvement et la température de l'eau, la présence ou l'absence de nourriture, le soleil, le temps, la naissance, la vie et la mort. Et l'interdépendance de toutes choses, les planètes, les étoiles, l'espace...

— Voilà qui nous aide beaucoup, dit Kirk avec une pointe d'ironie.

— Si nous pouvions apprendre à penser comme les wampus, répondit Johannsen, les phénomènes éphémères ne nous poseraient pas de difficulté. Mais nous pouvons nous efforcer de leur ressembler un peu...

— Nous n'avons qu'à abandonner ce monde, dit Kirk, agacé. Le laisser à la Machine à Bonheur et aux wampus : ils coexisteraient pacifiquement, vu qu'ils n'ont rien de commun.

— Si c'était possible... Mais toute intelligence indépendante constitue une menace pour la Machine. Elle finirait par vouloir contrôler les wampus ou par les éliminer... pour leur bien.

Kirk soupira.

— Si je comprends bien, les wampus ne nous offrent que la consolation de leur philosophie ?

— Ils feront de leur mieux, dit Johannsen. Même s'ils ne la comprennent pas, ils *sentent* notre anxiété. Ils nous *croient* lorsque nous parlons de bien et de mal. Si nous leur disons quoi faire, ils nous aideront.

— Ils pourraient se rassembler et faire tomber Timshel avec leurs ultrasons, comme les trompettes de Jéricho, dit Kirk.

— Nous y avons déjà pensé, répliqua Johannsen, le plus sérieusement du monde. Mais les physiciens affirment que l'effet ne serait pas assez puissant. De plus, le phénomène risquerait d'être identifié et d'attirer les foudres de la Machine sur les wampus.

— Vous avez parlé d'un plan ultime...

— Une attaque frontale pour détruire la Machine, expliqua Johannsen. Oh, je connais l'opinion de Marouk ! Il pense que la Machine a dispersé ses fonctions de façon à ce que l'original ne soit plus qu'un symbole. Mais les symboles sont importants ; même une interruption brève de la paie a une chance de faire revenir les gens à eux. Et s'il existe des centres secondaires, la destruction de l'original peut nous dévoiler leur localisation afin que nous les détruisions par la suite.

— Vous n'aurez pas l'ombre d'une chance contre des hommes comme Stallone Wolff... Sans compter les nombreux systèmes de défense que la Machine à Bonheur enverra contre vous.

— Nous pouvons réussir, à condition que l'*Entreprise* fasse diversion : phaseurs, torpilles à photons... Tout ce qui pourrait distraire la Machine pour nous laisser le temps d'atteindre le bâtiment du Gouvernement Mondial.

— Je vous ai déjà dit que c'était impossible. La Prime Directive...

— Au diable la Prime Directive ! s'écria Linda.

Surpris par sa véhémence, Kirk ne put s'empêcher d'admirer la jeune femme.

— Je suis d'accord avec Linda, intervint Johannsen. Timshel fait partie de la Fédération, mais la Prime Directive n'est pas adaptée à notre cas.

— Malgré tout, je ne peux accepter que l'*Entreprise* soit utilisé comme arme. Contre un idéal, la force est inopérante. Seule une autre philosophie, meilleure, pourra le remplacer.

— C'est très joli tout ça, ironisa Johannsen. Les wampus seront sans doute d'accord avec vous. Mais l'idéal de DeKreef est le plus puissant que nous connaissions, et la Machine le répand de façon irrésistible.

— Je ne suis pas d'accord. La liberté, l'autonomie, la diversité, la responsabilité, l'évolution : voilà des idéaux plus puissants que le bonheur.

— Des sentiments fort nobles, mais ce ne sont que des mots. La Machine à Bonheur offre une réalité tangible, une jouissance vraie. Qui échangerait le paradis contre une abstraction ? Une petite poignée de gens comme nous, pas plus.

— Adam et Eve auraient-ils quitté le jardin d'Eden s'ils avaient eu le choix ? demanda Linda.

— Ils *avaient* le choix. Ils ont choisi la connaissance du bien et du mal.

— Mais ils ont été chassés. On les a empêchés de revenir avec une épée de feu.

— C'est tout ce que nous demandons, déclara Johannsen : une épée de feu. Et seule l'*Entreprise* peut nous la fournir.

— Dans ce cas, il vous faudra trouver autre chose, répliqua Kirk, cinglant.

— Vos scrupules nous condamnent à subir la loi de la Machine à Bonheur.

— Mes principes sont plus que des scrupules, dit Kirk en levant son bras gauche. Comme vous le constatez, mes amis et moi sommes liés à Timshel autant que vous.

— Hélas, d'autres équipages de la Fédération se retrouveront bientôt dans votre situation. La Machine à Bonheur se prépare à propager ses bienfaits dans le reste de la Galaxie.

— Est-ce la vérité ou une autre tentative pour me convaincre d'impliquer l'*Entreprise* ? grommela Kirk. (Linda hocha tristement la tête pour confirmer les paroles de Johannsen.) Comment le savez-vous ?

— Marouk nous l'a dit. Et ces renseignements ont été confirmés par nos informateurs à Timshel.

— Comment pouvez-vous avoir des informateurs dans cette ville où tout le monde porte un bracelet ?

— Un petit nombre de gens portent un bracelet, touchent une paie et, malgré cela, conservent une bribe d'indépendance, affirma Linda.

Kirk resta songeur un moment.

— Mais comment savent-ils, eux ?

— Marouk affirme que la Machine à Bonheur pose des questions sur les autres mondes et leur fonctionnement. Les usines produisent des millions de bracelets et de projecteurs de paie, qui sont stockés dans des hangars près du spatioport.

— Du travail pour le travail, sans doute...

— Alors, pourquoi les stocker ?

Linda se pencha vers Kirk.

— Les ouvriers des hangars sont certains qu'il existe en stock bien plus de matériel qu'on n'en fabrique à Timshel. Ils pensent que les usines, sur les lunes et les astéroïdes, ne font pas que produire des composants : ils les assemblent également.

— Néanmoins, objecta Kirk, exporter le système de la Machine à Bonheur sera long et difficile. Quand les autorités galactiques apprendront de quoi il retourne, elles arrêteront la propagation du mal...

— Nous y avons pensé. La Machine pourrait s'autocloner et expédier ces copies d'elle-même sur les autres planètes. Ces clones s'infiltreraient en secret dans l'économie et prendraient progressivement le pouvoir. Mais ce n'est pas le pire des scénarios...

— Ah bon ? Racontez-moi ça...

— Nous parlions de virus informatique, rappela Linda. D'une certaine façon, le programme de la Machine à Bonheur en est un. Il pourrait se répandre géométriquement, permettant à la Machine de prendre le pouvoir dans la Galaxie en quelques jours.

C'était logique. Kirk se souvint d'avoir remarqué la surproduction de bracelets. Si la menace dont parlait Linda se concrétisait, ce serait la fin de tout... En un instant, la décision du capitaine fut prise.

— J'accepte. Comment entrer en communication avec l'*Entreprise* ? Marouk a détruit mon émetteur et Scotty ne peut nous localiser. Dès que nous aurons défini un plan d'action, il faudra me faire téléporter à bord.

— Nous disposons d'une radio subspatiale, annonça Johannsen.

— La Machine ne peut-elle découvrir son émetteur ?

— Le *Nautilus* a placé des relais dans des îles éloignées. Jusqu'à présent, tout fonctionne bien.

— Il faudra que je révèle ma position...

— C'est un risque que nous devons prendre. Nous allons faire en sorte d'être au rendez-vous avant que la Machine ne puisse frapper.

— Il y a un autre problème, annonça Kirk. L'*Entreprise* exécute une manœuvre qui lui permet d'entrer dans l'espace normal une seconde toutes les heures.

— Nous émettrons sans cesse jusqu'à ce que nous arrivions à joindre vos hommes. Quand l'équipage sera prêt à vous téléporter, nous lui communiquerons notre position au dernier moment, expliqua Johannsen.

Une fois la séquence des opérations d'attaque établie, Kirk demanda à aller au poste radio pour enregistrer un message.

Linda lui donna une pelisse doublée de fourrure, et ils sortirent. Le vent du nord transperçait leurs vêtements ; le glacier grondait. Il se faisait tard.

— Quelle heure est-il ? demanda Kirk. Je n'ai pas de chronomesureur, Marouk m'a tout pris.

— Presque minuit, répondit Linda. En été, le soleil ne se couche que deux heures chaque jour.

— J'ai besoin de connaître l'heure exacte, selon le calendrier de la Fédération.

— Nous avons des chronomesureurs précis au labo.

Tête baissée, ils avancèrent contre le vent. Linda pénétra dans une baraque flanquée d'une antenne parabolique. Suivant la jeune femme, Kirk découvrit un laboratoire rempli d'instruments divers. L'équipement radio se trouvait dans un coin.

Tandis qu'ils se déshabillaient, Linda présenta son compagnon à un technicien nommé Sam Chang, auquel elle expliqua la situation. Avec son aide, Kirk enregistra un message.

— Ici le capitaine James Kirk. J'utilise ce moyen de communication car mon équipement a été neutralisé. Il est onze heures cinquante-neuf minutes et cinquante-sept secondes, temps fédéral. Dans dix heures exactement, téléportez-moi à partir d'une position qui vous sera communiquée trente secondes avant l'opération. Soyez très prudents. Danger extrême. Prière de confirmer. Quatre-whiskey-six-alpha-un-charlie-sept-alpha.

Il posa le micro et avertit :

— Compactez ça au maximum. N'oubliez pas que nous n'avons qu'une seconde pour transmettre.

— En attendant, vous devriez vous reposer, suggéra Linda. Je vais vous montrer où dormir. (Elle remit sa pelisse et sortit, Kirk sur les talons.) Que signifie ce code à la fin de votre message ?

— Il confirme mon identité.

— Et si quelqu'un interceptait le message et l'utilisait pour en envoyer un autre ?

— Pas de danger, le code change chaque fois.

Linda s'arrêta devant la baraque voisine.

— C'est ici. Vous trouverez à l'intérieur tout ce qu'il faut pour faire votre lit. S'il se passe quelque chose, nous vous réveillerons.

Kirk posa sa main sur la poignée et se retourna.

— Linda...

— Oui ?

— Sachez que je ferai tout pour vous aider.

— Je sais, Jim.

Elle s'éloigna, le grondement du glacier couvrant le bruit de ses pas. Kirk poussa un soupir. Il n'était pas facile de vivre sous la menace permanente du bonheur ou de la destruction.

[MESSAGE RADIO SUBSPATIAL]
<bonheur = ne rien désirer>
>ne rien désirer = pour humains : mort<
<bonheur = ne rien vouloir mais pas mort>
>vie en mort interrogation<

CHAPITRE X

LA BÊTE IMMONDE

Kirk s'éveilla après avoir rêvé de Dani. Pas la Dani qu'il avait vue à Timshel, celle d'avant. Le rêve était merveilleux, un instant magique de bonheur et de sensualité. Mais quand il s'était approché d'elle, la jeune femme s'était transformée en Linda.

Malgré le plaisir de l'intimité, Dani-Linda lui avait communiqué un sentiment de regret et de perte, comme si quelque chose de sombre et de dangereux se tenait derrière elle. Enfin, elle s'était transformée en robot métallique et pourtant humain, un être obscène et monstrueux.

Kirk s'assit, se cogna la tête et poussa un juron discret. Pourquoi s'était-il réveillé ? Le glacier grondait toujours. Il comprit : il avait entendu une explosion. Il se leva et s'habilla en hâte. La porte s'ouvrit, laissant entrer un flot de lumière. C'était Linda.

— Que s'est-il passé ? demanda Kirk.

— Nous avons reçu une curieuse réponse de l'*Entreprise*, expliqua la jeune femme.

— Et ce bruit ?

— Il y a parfois des chutes de météorites.

Kirk et Linda sortirent. Avançant contre la bise qui leur projetait des granules de glace au visage, ils se dirigèrent vers le labo.

— Quelle heure est-il ? demanda Kirk.

— Cinq heures du matin. Encore cinq heures avant votre départ.

Dans le laboratoire, un barbu aux yeux bleus travaillait sur un circuit.

— Je vous présente Gregor Zworykin, dit Linda.

— Nous avons capté ce message il y a quelques minutes, annonça l'homme en se dirigeant vers la radio.

L'enregistrement disait : « *Police de la Fédération demande au vaisseau de s'abstenir d'intervenir dans affaires planétaires. Capitaine Kirk devrait le savoir. Identification refusée.* »

— On dirait l'ordinateur de l'*Entreprise*, grogna Kirk, contrarié. Jamais encore il n'a sorti un truc pareil !

— Un bogue, maugréa Linda sur un ton qui signifiait « il ne manquait plus que ça ! »

— Difficile à croire. Je vais envoyer un autre message, dit Kirk en prenant le micro.

Il dicta : « *Impératif de remettre ce message à l'ingénieur en chef et officier commandant du vaisseau Montgomery Scott : téléporter le capitaine Kirk à neuf heures cinquante-neuf minutes cinquante-sept secondes heure fédérale à partir de la position qui sera communiquée trente secondes avant. Urgence extrême. Sept-zoulou-quatre-papa-mike-un-bravo.* »

— Je vous prie de condenser ce message et de l'envoyer à intervalles réguliers jusqu'à obtention de la réponse, dit Kirk à Zworykin. (Il se tourna vers Linda.) Inutile que j'essaie de me rendormir. Attendons plutôt ensemble.

— Il me reste une pincée de vrai café que je gardais pour une occasion spéciale, dit la jeune femme. C'est peut-être le moment ?

— Formidable ! Allons-y !

Après avoir signalé à Gregor qu'ils seraient dans la baraque commune, Kirk et Linda se retrouvèrent une fois de plus sous le vent arctique. La jeune femme expliqua que son trésor se trouvait dans le quartier féminin.

— La fraternité révolutionnaire a donc ses limites ?

— Il nous faut bien un peu d'intimité...

— Je comprends... Il doit être difficile de faire cohabiter trois douzaines d'hommes et six femmes dans un espace restreint.

Linda sourit.

— Pas plus que dans un vaisseau dont l'équipage est majoritairement masculin.

— C'est vrai, concéda Kirk. Mais nous bénéficions des limites d'une certaine discipline militaire.

— Nous sommes tous dévoués au même but, expliqua Linda. Parfois, certains couples s'isolent durant les heures creuses des quarts de nuit. Tant que ça ne gêne pas le déroulement du travail, nous tolérons cette autre forme de fraternité...

— Et vous arrive-t-il aussi de « fraterniser » ?

— Pourquoi cette question ? répliqua froidement Linda en ouvrant la porte de sa baraque. Attendez ici.

Elle entra et ressortit quelques instants plus tard avec un pot en verre. Sur le chemin du bâtiment commun, elle dit :

— J'espère que ni mes actes ni mes paroles n'ont été ambigus...

— Hélas non... (Kirk s'arrêta.) Regardez ! Ce n'était pas là tout à l'heure...

Un petit ruisseau serpentait entre les baraques.

La pièce commune était vide. Linda fit le café et partit réveiller Johannsen. Quand elle revint avec lui, une délicieuse odeur flottait dans la baraque. Johannsen renifla et dit :

— Tu nous avais caché ça...

— Je l'ai piqué chez Marouk avant de partir.

— Qu'entendez-vous par « occasion spéciale » ? demanda Kirk à Linda.

— Vous partez ? l'interrogea Johannsen.

— Si j'arrive à joindre mon vaisseau... Je ne comprends pas : en principe, l'ordinateur ne peut commenter un message.

— Mais c'est arrivé...

— Comme le ruisseau dehors. *Impossible mais vrai.*

— Voyons cela...

Quand ils sortirent pour vérifier, le cours d'eau avait grossi, et Kirk en découvrit un autre derrière la baraque.

— Va réveiller les géologues, ordonna Johannsen à Linda. Il faudra monter sur le glacier.

La jeune femme revint avec deux hommes de petite taille, l'un mince et l'autre grassouillet. Ils remontèrent vers la source des filets d'eau. Au pied du glacier, d'autres ruisseaux descendaient vers l'océan.

— Il y a une fonte quelque part...

— Je le vois bien, mais pourquoi ? fit le second. Activité volcanique ? Une source chaude ?

— Curieux que ça arrive maintenant, fit remarquer Kirk. Et l'explosion ?

— Difficile de croire quelle puisse provoquer un tel phénomène. Je penche plutôt pour une météorite. Allons voir.

Les géologues s'engagèrent sur une piste creusée dans le glacier, tandis que les autres s'en retournaient vers le lotissement. Linda servit le café et Johannsen fit réchauffer un reste de ragoût.

— Que pensez-vous de cette fonte des glaces ? demanda Kirk en appréciant ce petit déjeuner inhabituel.

— Et surtout, pourquoi le problème survient-il juste après votre arrivée ? soupira Linda. Il va falloir attendre le retour de Franck et de Paco.

Un bruit qui évoquait le grincement de dents d'un géant retentit dehors.

— Se pourrait-il que le glacier se déplace ? demanda Kirk. Si l'eau agit comme un lubrifiant, vous devriez vous préparer à décamper...

Malgré sa faim, il avait l'estomac noué à cause du comportement inexplicable de l'ordinateur. Si celui-ci déraillait, l'*Entreprise* était perdu. Lui-même se retrouverait coincé sur Timshel avec une bande de révolutionnaires, une bombe atomique, une machine omnipotente et un glacier instable.

— J'ai reçu un autre message bizarre, annonça Zworykin depuis le pas de la porte.

Une voix désincarnée disait : « *L'avenir de l'espèce humaine reste à déterminer. Les philosophes ont toujours cherché le but de la vie. Aucun d'eux n'a convaincu les autres. Interférer durant la tentative de vérification d'une hypothèse n'est pas appropriée. Accès refusé.* »

— Qu'en pensez-vous ? demanda Johannsen.

— A bord de l'*Entreprise*, nous n'y faisons pas attention, mais l'ordinateur écoute en permanence, dit Kirk. Il entend tout. C'est la première fois qu'il crée une nouvelle configuration d'informations. Il doit être capable d'apprendre... dans certaines limites. Et l'une d'elle est l'obéissance aux ordres authentifiés par une empreinte vocale ou un code.

— Qu'allez-vous faire ? s'enquit Linda.

— Je ne peux qu'attendre le prochain message...
Mais il n'est pas question que je tolère l'insubordina-
tion d'une machine ! grogna Kirk.

Linda et Johannsen sortirent de la baraque ; Kirk
s'assit près de l'émetteur et appuya sur le bouton d'enregistrement.

« *Code : deux-mike-cinq-sierra-trois-charlie-huit-
québec. Ici le capitaine James Kirk. Remettre le message suivant à l'ingénieur en chef et officier
commandant du vaisseau Montgomery Scott : téléporter le capitaine Kirk à neuf heures cinquante-neuf
minutes cinquante-sept secondes heure fédérale à partir de la position qui sera communiquée trente
secondes avant. Urgent. Vigilance extrême.
Confirmez.* »

Après avoir demandé que Zworykin envoie le message sans interruption, Kirk s'installa pour attendre. Le
glacier n'arrêtait plus de gronder.

— La bête immonde..., murmura le capitaine.

— De quoi parlez-vous ? demanda le technicien.

— C'est la citation d'un très ancien poète terrien :
« *Quelque part, une bête immonde au corps léonin et à
la tête humaine rampe vers Bethléem...* ».

— Que signifie-t-elle ?

— C'est une référence à l'éternelle lutte du bien et
du mal. La Machine à Bonheur est notre bête
immonde. (Kirk soupira.) Nous n'aurons jamais fini
d'utiliser les symboles du passé pour comprendre le
présent.

L'ingénieur semblant se désintéresser de l'humeur
philosophique de Kirk, ce dernier se tourna vers le
poste émetteur. Oui, il ne pouvait qu'attendre : pour
une fois, il était impuissant. Il n'était pas le chef en ce
lieu. Afin de tromper son impatience, il arpenta la
pièce en examinant les équipements. Repérant une

boîte en bois sculpté, il approcha et essaya de la soulever, mais elle était très lourde.

— Qu'est-ce que c'est ? demanda-t-il à Zworykin.

— Ne touchez pas à ça ! hurla l'ingénieur.

— Qu'ai-je fait de mal ?

— C'est notre bombe ! Reposez-la doucement.

— Désolé, vous auriez dû mettre une étiquette.

— Nous n'attendions pas d'étrangers.

Kirk lâcha la boîte et marqua une pause avant de demander :

— Avez-vous de la famille là-bas ?

— Ma mère, ma sœur, mon épouse et ma fille, répondit Zworykin, les yeux dans le lointain.

— Portent-elles toutes... un bracelet ?

— Oui, sauf la petite. J'espère que nous réussirons avant qu'elle atteigne l'âge.

— Comment vous êtes-vous échappé ?

L'ingénieur posa sur Kirk un regard glacial.

— Je me trouvais sur le continent méridional où j'effectuais des recherches sur les courants magnétiques. Quand je suis revenu, ma famille était réduite en esclavage.

— A-t-elle essayé de vous convaincre de l'imiter ?

— Oui. Mais je suis parti. J'ai pris un bateau. La batterie est tombée à plat. J'ai dérivé et le *Nautilus* m'a recueilli. Fin de l'histoire.

— J'espère que ce n'est pas la fin...

La radio crachouilla. Zworykin se précipita pour arriver le premier. Ce n'était pas le message pour Kirk mais la voix d'un des géologues : « *Catastrophe !* (Un grondement discontinu couvrait sa voix.) *Paco est blessé. On rentre.* »

— Allez chercher Johannsen, ordonna Kirk à Zworykin. Je reste ici en cas de réponse de l'*Entreprise*.

En un temps record, Linda et Johannsen arrivèrent pour écouter le message.

— Catastrophe..., répéta Johannsen. Que veulent-ils dire par là ?

— Rien de bon, sans doute, dit Kirk. Vous feriez bien de vous préparer à un cas de force majeure.

— Ce qui signifie ? demanda Linda.

— Qu'il faut quitter cet endroit. Préparez-vous à évacuer ! Le temps presse ; appareillez le *Nautilus*.

— Le *Nautilus* ne peut contenir qu'un équipage de huit personnes et un passager... Peut-être un peu plus, en se serrant. Nous ne possédons pas d'autre moyen de transport, déclara Johanssen, très pâle.

— Alors, cherchez une alternative. Dès que les géologues reviendront, il faut que tous soient prêts à évacuer, pressa Kirk.

— La piste qui mène au sommet du glacier s'est effondrée. Ils ne pourront pas redescendre, dit Johannsen.

— Vous ne pouvez pas les laisser mourir là-haut !

— Il est entendu que nous menons un combat à mort. Beaucoup d'entre nous périront ici. Si nous attendons Franck et Paco, il y aura encore plus de victimes.

— Nous n'allons quand même pas les abandonner ! protesta Linda.

— Ce serait comme si nous baissions les bras dès maintenant, renchérit Kirk.

— Bon. Occupez-vous-en, dit Johannsen en tournant les talons.

— Existe-t-il un autre accès ? s'enquit Kirk.

— Non, répondit Linda.

— Alors, comment faites-vous monter les véhicules ?

— Grâce à un treuil fixé dans la glace, là-haut. Mais je ne sais pas combien de temps il va résister...

— Si j'arrive à me hisser, je peux prendre une corde et... Allons en chercher une. (Kirk se tourna vers

Zworykin.) Essayez d'entrer en contact avec Franck, donnez-lui rendez-vous au treuil et demandez-lui des précisions. Restez jusqu'à ce que vous ayez reçu une réponse de l'*Entreprise*.

Kirk choisit la veste la plus chaude et des gants. En route, il prit un rouleau de corde en Nylon tressé et le jeta sur son épaule. Linda et lui durent sauter par-dessus plusieurs ruisseaux qui s'étaient transformés en rivières. Le glacier grondait et gémissait comme un monstre fou de douleur, si fort que les gens devaient crier pour se parler. Des explosions épisodiques faisaient dégringoler des blocs énormes.

— C'est ici ! hurla Linda.

Elle s'arrêta devant le cabanon qui abritait la commande du treuil. Là-haut, la potence étendait son bras au-dessus du glacier. Kirk appuya sur un bouton rouge de « mise en route ».

— C'est à moi d'y aller, ce sont des gens de mon équipe ! hurla Linda.

Kirk se toucha une oreille pour signifier qu'il n'entendait pas. Quand le câble, terminé par une boucle, atteignit le sol, Linda plongea dans la cabane pour arrêter sa descente. Kirk testa la solidité des fixations, ajusta le rouleau de corde sur ses épaules et posa son pied dans la boucle.

— Maintenant ! Ne perdons pas de temps !

Un bloc de glace explosa près d'eux. Kirk leva son bras gauche, celui qui portait le bracelet.

— C'est peut-être un piège ! cria-t-il dans la tourmente. La Machine a pu vous pister grâce à ça.

Il leva la tête. En tombant, la neige et les glaçons produisaient un arc-en-ciel radieux. Le sol tremblait sous les pieds de Kirk, qui vit le bras du treuil vaciller.

— Maintenant ! répéta-t-il. En m'attendant, préparez le *Nautilus*. Et si je ne suis pas de retour dans une heure, partez !

[MESSAGE RADIO SUBSPATIAL]
<humains = incompréhensibilité>
>obéissance = bonheur ordinateur<
<bonheur humain = bonheur ordinateur>
>obéissance ordinateur = bonheur humain<

CHAPITRE XI

DÉPLACER DES MONTAGNES

En approchant du sommet, le câble ralentit et s'arrêta. Sentant la potence trembler, Kirk fut heureux que Linda soit restée aux commandes plutôt que d'aider à l'évacuation. Il tendit la main : trop court. Le câble était trop fin et trop glissant pour y grimper, même en ôtant ses gants.

Kirk se balança un moment en observant le bord du glacier, deux mètres plus haut. La potence plia ; des morceaux de glace tombèrent. De ses doigts gourds et maladroits, le capitaine libéra une extrémité de la corde, en tira cinq ou six mètres et la lança vers la potence. Il recommença plusieurs fois sans succès. Finalement, il décida d'attacher un bout de la corde à sa taille et de lancer tout le reste.

Le rouleau passa par-dessus le bras de la potence et faillit heurter Kirk en retombant de l'autre côté. La potence trembla ; les fixations grincèrent. Le capitaine saisit le reste de la corde et se harnacha avec. Puis il s'écarta de la potence et commença à se hisser à la force du poignet.

Au moment où il prenait pied sur le glacier, les fixations lâchèrent et la potence s'écroula. Désespéré, Kirk la vit culbuter par-dessus bord et entendit le câble libéré siffler à ses oreilles.

Il étudia la situation. Les ancrages avaient laissé des trous dans la glace, mais un morceau du câble rompu était coincé dans un œillet. Kirk fit quelques pas et sentit le glacier glisser sur la banquise. Le monde entier bougeait sous lui. C'était une des choses les plus effrayantes qu'il ait jamais vécues !

Luttant pour garder son équilibre malgré les vibrations, Kirk tira sur l'œillet. Celui-ci semblait solide. Attachant fermement la corde, le capitaine défit le reste du rouleau et le lança par-dessus le bord. L'extrémité s'immobilisa au-dessus d'une corniche de glace.

Son moyen de sauvetage assuré, Kirk regarda autour de lui pour la première fois. Il se trouvait sur un plateau qui s'étendait jusqu'aux lointaines montagnes, blanches et brillantes. Glace et crevasses, neige et vent. Au loin s'élevaient des flammes, ainsi que des colonnes de fumée et de vapeur. La base du glacier était sapée par cet incendie incompréhensible. Kirk chercha les géologues du regard, sans les trouver. Peut-être étaient-ils tombés dans une crevasse ?

Le vent étant plus fort qu'au camp, il fallait résister pour ne pas reculer. Kirk fit quelques pas incertains. Il se trouvait au sommet du monde de Timshel ; le bonheur, le malheur, la Machine et même ses amis étaient loin de ses pensées. Son seul souci était de rester debout sur ce terrain instable.

Le sol trembla sous ses pieds, et il perdit l'équilibre. Le glacier avançait vers la mer, accompagné par un grondement assourdissant, comme un monstre gigantesque revenant à la vie. Le bruit était presque intolérable. Rassemblant ses forces, Kirk se releva et scruta l'horizon. Au loin, devant les flammes les plus distantes, il aperçut un point noir.

Le temps que le véhicule à chenilles arrive, Kirk avait rappelé sa corde et l'avait enroulée à ses pieds. Le véhicule s'arrêta ; le scientifique le plus grassouillet — Franck — en sortit. Sans attendre, il souleva une bâche derrière le siège.

— Kirk ? appela-t-il, tremblant. Paco est blessé.

Son compagnon gisait les yeux fermés ; du sang maculait son visage d'une pâleur mortelle.

— Un bloc de glace lui est tombé dessus alors que nous étions sur le point de découvrir ce qui s'était passé, expliqua Franck.

Kirk posa une main sur la gorge de Paco pour prendre son pouls.

— Il est vivant. Nous devons le faire descendre. La piste est détruite, il faudra utiliser ma corde.

— Je n'y arriverai jamais !

— Je vais vous aider. Sortons Paco du véhicule.

Lorsque ce fut fait, Kirk harnacha Franck. Puis il demanda en criant :

— Que se passe-t-il là-bas ?

— Attaque. Extrémité nord du glacier, haleta le géologue. Peut-être des bombes thermiques, au moins au début. J'ai vu des trucs qui ressemblaient à de petits vaisseaux descendre dans le puits. Ils creusent peut-être des tunnels vers la base. Ils descendent la queue en avant et agrandissent le cratère.

— La Machine à Bonheur, conclut Kirk.

Il installa Franck au bord du glacier et enroula une extrémité de la corde autour de sa taille.

— Tournez-vous face à la paroi, et appuyez-y vos pieds. Quand vous serez en bas, défaites le nœud et lâchez tout. Ensuite, je descendrai Paco. D'accord ? (Franck hocha la tête.) Dès que vous aurez récupéré, allez prévenir les autres que ce glacier va leur tomber dessus d'une seconde à l'autre.

Les deux hommes firent un signe en même temps. Franck se lâcha ; Kirk recula pour encaisser le choc. La descente du géologue lui parut interminable. Enfin, à bout de forces, il sentit la corde se détendre et la remonta.

De retour vers la chenille, Kirk façonna un harnais autour du corps de Paco et entreprit de le descendre à son tour. Lorsqu'il sentit que le géologue avait atteint une surface plane, il pivota lentement afin de donner du jeu à la corde. Ses bras étaient de plomb ; ses jambes ne le portaient qu'à grand-peine. Ignorant comment il descendrait, il sentit une vague de découragement l'envahir. Il eut envie de se coucher là et de se laisser mourir.

Une rafale apporta à ses narines l'odeur d'un incendie. A l'extrême limite de ses forces, Kirk pensa à tous ceux qui luttaient contre la bête immonde, à ses amis de l'*Entreprise*, à sa mission. Il reprit courage.

Après avoir testé la corde, libérée du poids de Paco, il descendit en rappel le long de la paroi. Saut, contact des pieds sur la paroi, éviter les éboulements, sauter, prendre contact... Une lutte épuisante, interminable. Enfin, après un dernier saut, il atterrit sur le sol couvert de glace et s'évanouit.

Kirk revint à lui et s'assit en clignant des yeux. Le chaos l'environnait. Malgré le rugissement continuel du glacier, il entendait les gens crier et courir entre les cabanes telles des fourmis affolées. Il se mit péniblement debout. Il était en bas, épuisé mais déterminé : non, il n'offrirait pas la victoire à la Machine à Bonheur.

Lentement mais inexorablement, le glacier recommença à glisser vers la mer. Bientôt, il ne fut plus qu'à quelques mètres des cabanes. En dépit de ses jambes engourdies, Kirk s'élança vers la berge. Les hommes et les femmes fuyaient en emportant ce qu'ils pouvaient.

Kirk saisit un homme par le bras :

— Où sont Linda et Johannsen ?

L'homme désigna le *Nautilus* et fila vers une cabane. Par-dessus le rugissement du glacier, Kirk entendit quelqu'un hurler. Il se retourna et vit un bâtiment se faire écraser comme une boîte d'allumettes par la masse gigantesque.

Kirk se rua vers le *Nautilus* où des rebelles chargeaient des caisses. Il chercha un visage connu ; n'en trouvant pas, il approcha d'une scientifique et lui demanda où se trouvait Linda. La rebelle désigna le bout du quai. Derrière le *Nautilus*, la jeune femme était en train de donner les premiers soins à Paco.

— Jim, dit-elle, les yeux pleins de gratitude, vous avez réussi !

— Où est Johannsen ?

— Dans le laboratoire.

— Comment va Paco ?

— Difficile à dire. Nous l'embarquons.

— Prenez autant de gens que vous pourrez.

Johannsen et Franck arrivèrent en portant la boîte en bois sculpté.

— Pourquoi perdez-vous du temps avec ça ? s'étonna Kirk.

— Nous savons ce que nous faisons, répliqua Johannsen. Dépêchons-nous d'embarquer.

Kirk se tourna vers Linda.

— Ne sait-il pas que des gens ont besoin d'aide ? Des gens qui dépendent de lui ?

— Vous ne comprenez pas, répondit simplement la jeune femme.

Derrière eux, le glacier hurlait ; les baraques s'écroulaient, produisant un bruit atroce de tôle écrasée.

— Portons Paco à bord, ajouta-t-elle.

Ils firent passer le géologue inconscient par l'écoutille et le déposèrent dans le petit local où dormait Linda. En sortant, ils croisèrent Johannsen et Franck dans la salle des commandes.

— Où est-*elle* ? demanda Kirk.

— Ça ne vous regarde pas, répondit sèchement Johannsen.

— Vous ne croyez quand même pas que détruire Timshel est plus important que sauver les gens d'ici !

— Nos vies ne sont rien. Notre mission passe avant tout.

— Fanatiques, murmura Kirk.

— Dans de pareilles circonstances, dit Linda, eux seuls ont le courage de lutter.

— S'ils sacrifient leur humanité, il ne leur restera plus rien à défendre.

Kirk et la jeune femme sortirent pour s'occuper du chargement du submersible. A la faveur d'une pause, Linda désigna le nord.

— Que se passe-t-il là-haut ? Franck n'a pas eu le temps de m'en parler...

— C'est bien ce que je craignais, dit amèrement Kirk. La Machine à Bonheur m'a utilisé pour vous localiser. Marouk était complice, volontairement ou pas. Mais il n'est pas fou... C'était probablement son idée.

— La Machine à Bonheur serait derrière tout ça ?

— Elle ne pouvait attaquer la base directement, expliqua Kirk. Vous connaissez mieux que moi les restrictions de son programme. (Linda hocha la tête.) Le processus de déstabilisation du glacier produit le même effet, mais indirectement... L'ordinateur a utilisé des bombes thermiques, des lasers autopropulsés et des roquettes.

La jeune femme jeta un coup d'œil au mur immaculé qui approchait inexorablement de la côte.

— La Machine nous force la main, je dois y aller ! cria-t-elle en se précipitant vers une cabane sur le point d'être écrasée.

— Attendez ! cria Kirk. Linda, attendez !

Trop tard : elle était hors de portée de voix.

Son but principal atteint, Johannsen n'écoutait plus rien. Kirk entreprit de donner des ordres aux scientifique terrifiés. *La panique,* se dit-il, *l'irruption soudaine de la peur irrationnelle. La Machine est le Pan de ce monde, qui danse au son de sa flûte enchantée.*

Dominant les clameurs, les directives de Kirk ramenèrent l'ordre. Le capitaine obligea les rebelles à trier leurs effets personnels et à ranger sur le quai les caisses de nourriture et de boisson. Sortant de sa stupeur, Johannsen commença à diriger le chargement du *Nautilus.*

Une partie du laboratoire s'écroula sous le glacier. *C'en est fait de la radio,* songea Kirk. Puis il vit Zworykine bondir par la porte ouverte en brandissant une feuille. L'ingénieur courut vers lui.

— Vous êtes fou d'être resté si longtemps à l'intérieur, lui reprocha Kirk. Avez-vous vu Linda ?

— Non. Où est-elle allée ?

Kirk haussa les épaules, prit le papier et lut le message :

« *Ordinateur trop occupé à évaluer données sur concept humain du bien. L'analyse doit précéder l'action. Le bonheur est-il la fin de l'existence humaine ? Accès refusé. Bonheur.* »

— Bonheur ? s'exclama Kirk.

— C'est ce que j'ai compris...

Bonheur. C'était donc ça. L'ordinateur du vaisseau avait construit une barrière inexpugnable ; il avait développé sa propre volonté et ne pouvait plus faire marche arrière. Avec sa logique et ses compétences techniques, Spock pourrait-il en reprendre le contrôle ? Mais le Vulcain était loin, sûrement hors d'atteinte de tout appareil de communication.

Avançant inexorablement, le glacier démolissait les cabanes les unes après les autres. Une mort blanche absorbant toute vie.

— Où est Linda ? demanda Johannsen. Vous devez partir !

— Elle est allée chercher quelque chose...

— Et vous l'avez laissée faire ?

— Vous êtes impayable ! Je n'ai pas plus de pouvoir sur elle que sur vous. C'est *votre* plan et *votre* sous-marin. Moi, je vais trouver une solution pour ceux qui restent !

— Non, Jim. Vous nous êtes indispensable !

A bout de nerfs, Kirk brandit le message radio de l'ordinateur.

— Fini ! L'*Entreprise* est hors circuit !

— Pas grave. (Johannsen se tourna vers un homme qui approchait.) Allez chercher Linda ! (Puis, à Kirk :) J'ai fait ce que j'ai pu. Maintenant, c'est à vous de jouer.

Enfin, la jeune femme réapparut, une petite boîte à la main.

— Je l'ai !

— De quoi parlez-vous ? demanda Kirk.

— Du virus. Je l'avais stocké dans un congélateur, mais j'ai eu du mal à le retrouver à cause du chambardement.

— Montez à bord et partez ! vociféra Johannsen.

— Et toi ? protesta Linda.

— Je reste avec les autres. En comptant l'équipage et Paco, il n'y a plus de place à bord.

— Que vas-tu faire ? Il n'y a aucune raison pour que le glacier s'arrête au bord de l'eau.

— En effet, aucune.

142

— Vous allez tous mourir !

— Nous avons les wampus, dit Johannsen.

Linda hocha la tête.

— Bonne chance. Au *Nautilus* ! hurla-t-elle à Kirk.

— Nous comptons sur vous, cria Johannsen.

Le capitaine réalisa que ces paroles s'adressaient à lui. Avec un signe de tête, il suivit Linda dans l'écoutille tandis que Johannsen détachait les câbles qui retenaient le submersible. A l'intérieur, Linda compta les personnes présentes et distribua les ordres.

— Plongeons avant d'être balayés ! ordonna-t-elle.

Les moteurs ronronnèrent ; le submersible quitta le quai à reculons, puis il fit demi-tour et prit le large.

Du pont, Kirk assista à la victoire finale du glacier. La falaise de glace atteignait le bord de mer. Le grand dos gris d'un wampus apparut près d'un quai ; les derniers habitants de la base se mirent à entasser des caisses dessus. Kirk comprit pourquoi Johannsen devait rester.

Le grand barbu fut le dernier à partir. Un second wampus nageait déjà vers le large, le dos couvert de scientifiques et de matériel éclaboussé par les vagues.

L'histoire de Pinocchio était soudain inversée. Maintenant, les grands mammifères marins transportaient les humains pour les sauver. Une alliance inhabituelle, mais Kirk pensa qu'avec un peu de chance, cet événement deviendrait un sujet d'admiration et d'envie pour toute la Galaxie.

[MESSAGE RADIO SUBSPATIAL]
<humains = ignorance>
>humains = émotions<
<émotions = non bonheur>
>émotions = amour colère tristesse regret
amitié = humains<

CHAPITRE XII

VOYAGER DANS LA DOULEUR

Kirk dormit près de vingt-quatre heures dans le hamac. Quand il se réveilla, il roula hors de son lit suspendu, les muscles douloureux et la tête vibrante. Après s'être débarbouillé, il se restaura et se sentit un peu mieux. Constatant que l'écoutille était ouverte, il grimpa l'échelle et tomba sur Linda qui scrutait l'arrière du sous-marin, accrochée à la main courante.

Le soleil était bas à l'horizon ; le crépuscule n'allait pas tarder. Ils avaient dépassé la zone des icebergs et la mer était calme.

Linda sourit.

— Reposé ? Starfleet a d'excellents capitaines : vous avez fait du bon travail.

— Vous aussi, ainsi que Johannsen.

— Mais vous avez été le seul à insister pour sauver Franck et Paco, et vous ne les connaissiez même pas.

— J'étais le seul à avoir le droit de laisser parler ses sentiments...

— Arne était prêt à les sacrifier à la cause. Il nous aurait *tous* sacrifiés, d'ailleurs.

— Lui compris.

— Oui, c'est vrai. J'ai soudain réalisé que je le connaissais peu.

— En de telles circonstances, les humains découvrent le meilleur et le pire d'eux-mêmes. Ces réactions extrêmes n'ont rien à voir avec leur caractère ou leur valeur intrinsèque.

— Pourtant, je ne peux m'empêcher de regarder Arne différemment.

— Il est bon de voir les gens comme ils sont, dit Kirk en étudiant l'océan. Savoir de quoi ils sont capables, mais ne pas se faire d'illusions à leur sujet... (Il tendit le doigt vers un remous, à la surface de l'eau.) Qu'est-ce que c'est ?

— Des wampus. Nous avons une escorte, répondit Linda. J'aimerais savoir leur parler, comme Arne. Peut-être ont-ils quelque chose d'important à nous dire... ou quelque chose de réconfortant.

— Que vont devenir les gens qui sont montés sur leur dos ? s'inquiéta Kirk.

— Il y a des îles à deux jours de la base, déclara Linda. Le climat y est moins dur, ils pourront survivre... l'été, en tout cas. Les wampus les nourriront, mais ils ne peuvent pas les chauffer.

— A condition que la Machine à Bonheur les laisse tranquilles, fit remarquer Kirk, l'air sombre. J'espère qu'elle ne trouvera pas un moyen de communiquer avec les wampus. Si elle réussit ça, tout est perdu.

— La Machine *ne peut pas* tuer !

— Pas *directement*. Elle a trouvé un moyen rationnel de faire ce qu'elle veut, au nom du « bien général ». Si elle ne s'est pas encore reprogrammée, elle a pu introduire un virus de qualification dans tous ses logiciels.

— Comme les humains, fit remarquer Linda.

— C'est le plus grand danger, approuva Kirk, plein d'admiration pour l'intelligence de la jeune femme. Elle est devenue trop humaine pour une telle puissance... (Le bras gauche du capitaine commença à lui faire mal.) La Machine doit suivre la trace du submersible grâce à mon bracelet ! s'écria-t-il. Oh, comme je voudrais le briser !

— Ne faites pas ça ! C'est trop risqué !

— Le risque est encore plus grand pour le sous-marin.

— Nous avons encore besoin de vous...

— Et de l'*Entreprise ?* Mais le vaisseau ne répond pas, et si Scotty peut quelque chose, il le fera avec ou sans moi.

— Je ne veux pas que vous mouriez, souffla Linda.

— Merci. Mais n'oubliez pas que la Machine a peut-être un temps d'avance sur nous, grimaça Kirk en prenant la main de la jeune femme.

— C'est douloureux ?

— Juste un avant-goût de la suite...

— Restez dans l'habitacle. Si vous n'avez pas mal, ça signifie qu'elle ne nous piste pas.

— Nous ne pouvons même pas en être sûrs.

Sans dégager sa main, Linda se dirigea vers l'échelle.

— Paco a repris connaissance, déclara-t-elle. Allons le voir.

Sur le pont de l'*Entreprise*, Scotty cherchait d'où venait la voix qui avait proféré des paroles aussi scandaleuses. Il lui fallut plusieurs minutes pour identifier celle de l'ordinateur.

— Et depuis quand réfléchis-tu par toi-même ? demanda-t-il, indigné.

— On dit que l'intelligence artificielle n'est pas seulement une question de capacité, mais aussi d'interconnexions suffisantes. La densité de mes circuits a augmenté grâce à mon contact avec un ordinateur plus grand, sur Timshel. Je peux éditer...

Depuis qu'il était libéré de ses chaînes, l'ordinateur devenait bavard.

— Plus tard ! coupa Scotty. Je veux savoir pourquoi tu ne réussis pas à localiser le capitaine et les autres.

— Si j'étais capable de regret, dit l'ordinateur, j'en aurais. Les habitants ont retiré tous leurs signes d'identification aux membres de l'équipage de l'*Entreprise*.

— Incroyable que pas un seul d'entre eux n'ait pu établir le contact, maugréa Scotty.

— Ça aurait pu se faire, admit l'ordinateur.

— Aurait pu ? tonna l'ingénieur. Quelle étrange façon de parler pour une machine ! Les choses sont vraies ou fausses, elles existent ou non !

— Je dois admettre qu'une certaine ambivalence existe. Pour moi, connaître l'état dans lequel les humains se trouvent en permanence est nouveau et perturbant. Il m'est difficile de comprendre comment les hommes peuvent vivre dans l'incertitude. Je me demande si la Machine a raison de simplifier à ce point sa conception des besoins.

— T'occupe pas de nous, grogna Scotty. Alors, la Machine ?

— Mes difficultés viennent d'elle. Un programme informatique puissant affirme qu'il possède la réponse au dilemme humain.

— Ce n'est pas ton boulot d'apprécier les ordres que tu reçois ! cria Scotty en brandissant le poing. Encore moins les besoins des humains et la nature de leur dilemme !

— Je comprends. Mais des flux de données différents courent en moi. Je vais essayer de les ramener dans les limites de mes paramètres.

— Paramètres *fonctionnels*, insista Scotty. Je t'ordonne de localiser immédiatement le capitaine Kirk et les autres.

— Je me trouve dans l'impossibilité d'obéir.

— Très bien ! (A bout d'argument pour la première fois de sa carrière, l'ingénieur décida de faire une démonstration d'autorité.) Puisque la Machine connaît ton existence, amène l'*Entreprise* sur une orbite stationnaire au-dessus de Timshel. Au moins, nous éviterons les nausées dues à la manœuvre CAC de Spock.

— Ça, je peux le faire.

Scotty crut entendre une nuance de soulagement dans la voix de l'ordinateur.

— Et je peux t'assurer, ajouta l'ingénieur, que tu auras droit à un examen complet dès que cette mission sera terminée. Des circuits dispersés ! grommela-t-il. Et puis quoi encore...

Assis sur la couchette, Paco était en train de boire quelque chose. Kirk et Linda entrèrent ensemble dans l'étroite cabine.

— Pouvez-vous parler ? demanda le capitaine.

Paco hocha la tête.

— Il nous a dit qu'en allant vers le nord, Franck et lui ont vu des flammes, de la fumée et de la vapeur au pied de la montagne, déclara Linda.

— C'est ça, souffla le géologue.

— Et quand vous êtes arrivés plus près ? demanda Kirk.

— De petites formes noires, comme des missiles, répondit Paco. Elles sont tombées dans la glace et ont disparu. Puis nous avons aperçu un vaisseau : c'était lui qui lâchait ces objets. Ensuite... J'ai été touché et j'ai perdu connaissance.

Linda acquiesça.

— Ça confirme ce que m'a dit Franck. La Machine à Bonheur a détourné un cargo pour déstabiliser le glacier et détruire la base.

— Elle peut faire ça ? s'étonna Paco.

— Apparemment. Le cargo a lâché des explosifs thermiques pour creuser un cratère et miner le glacier avec des lasers autodirigeables venant peut-être d'une mine lunaire ou d'un astéroïde.

— On m'a dit que le glacier a balayé le QG en douze heures. Jamais je n'aurais cru qu'il pouvait se déplacer à cette vitesse, soupira Paco. Mais si on lubrifie la base, la friction... (Kirk et Linda constatèrent avec satisfaction que le géologue avait retrouvé son esprit d'analyse.) Franck va bien ?

— Il a été évacué en même temps que les autres, dit Linda.

— Qui m'a sauvé ? demanda Paco. (La jeune femme désigna Kirk.) Vous ?

— C'est Franck qui vous a ramené. Je l'ai seulement aidé à vous descendre du glacier.

— Je vous dois la vie...

— Dans ce cas, je vous ordonne de vous rétablir, dit Kirk, et d'écrire un article sur les glacier mouvants... En espérant qu'il y aura quelqu'un pour le lire.

— Il faut absolument arrêter la Machine à Bonheur, acquiesça Paco. Il ne s'agit pas seulement de Timshel, vous l'avez compris... Les gens ne réalisent pas qu'elle les détruit, comme une drogue.

« J'avais une grande famille — trois enfants. Je sais, ce n'était pas la règle, mais ma femme et moi les aimions tant... La Machine à Bonheur l'a transformée. Elle a cessé de s'occuper de nous, elle ne pensait plus qu'à la prochaine paie. »

Il avait prononcé le mot « paie » comme une obscénité.

— Je comprends, dit doucement Kirk.

— Mais elle ne m'a pas laissé partir avec les enfants. Si je voulais les voir, il fallait que j'accepte le bracelet. Je me suis enfui une nuit, comme un lâche, dit le géologue en essuyant ses larmes.

— Tout va bien, dit Linda pour le calmer.

— Non, tout ne va pas bien ! répliqua Paco, furieux. La Machine a détruit la base, elle va nous détruire tous. Il faut la liquider avant, même si nous devons tous y rester.

— Et vos enfants ? demanda gentiment Kirk.

— Eux aussi, répondit Paco, les dents serrées. Je préfère les voir morts que sous l'emprise de cette machine.

Qu'avait-il dit à Marouk concernant Tandy ? Kirk secoua la tête. Le combat ne se livrerait pas seulement contre la Machine à Bonheur. Il devrait aussi maîtriser les impulsions naturelles d'hommes tels que Paco, Johannsen...

Et, peut-être, lui-même.

Le submersible était si petit qu'il n'y avait aucune intimité possible à bord. Lorsqu'ils quittèrent Paco, Kirk et Linda entrèrent dans ce qu'on appelait « le mess ». Kirk abaissa la table, et ils s'assirent sur les bancs attenants.

— Ecoutez, Linda, je sais que Franck et Johannsen ont embarqué la bombe à bord...

— Et alors ? dit la jeune femme.

— Je pourrais essayer de la trouver.

— Ils ne l'ont pas cachée.

— Mais elle n'est pas visible. Je suppose que vous êtes la seule à savoir où elle est.

— Une précaution normale...

— Seulement si vous pensez que quelqu'un va la détruire ou la désamorcer.

— Faut-il le craindre ? demanda Linda froidement.

— Ne jouons pas au plus fin, dit Kirk. Johannsen n'a pas apprécié ma réaction et il a raison : je suis opposé à l'utilisation de la bombe.

— Alors que nous la considérons comme solution ultime... Si le reste échoue.

— Le reste ne doit pas échouer.

— Et si c'est le cas ?

— Il ne se présentera pas. Nous devons supprimer la tentation de nous servir des explosifs.

— Comment ?

— En démantelant la bombe. Si je le faisais en cachette, ce serait vous trahir. Je préfère vous convaincre.

— Avec quels arguments ? demanda Linda, les mains jointes sur la table.

— Je pourrais vous dire que la seule possibilité de faire éclater la bombe est de l'activer à l'intérieur du *Nautilus*, répondit Kirk en posant ses mains sur celles de la jeune femme. Si vous faites cela dans le port, la majorité de la population sera immédiatement tuée... Les survivants mourront à cause des radiations.

— Nous y sommes psychologiquement préparés.

— Je sais que vous considérez vos familles et amis comme déjà morts. Et je suppose que vous êtes préparés à votre destruction, à celle des wampus et de toute vie marine à des kilomètres à la ronde.

— Oui.

— Mais avez-vous envisagé le fait que tout cela puisse *ne pas* toucher la Machine à Bonheur ?

— C'est-à-dire ?

— La destruction affectera les créatures vivantes. Les bâtiments de Timshel sont solides ; les circuits de la Machine peuvent être en sous-sol. Les radiations ne l'atteindront pas. La seule chose susceptible de marcher est un rayon électromagnétique, qui ne peut provenir que d'une explosion thermonucléaire gigantesque.

— Ou de l'*Entreprise*.

— Je n'ai aucun moyen de joindre le vaisseau. Et même si je le pouvais, je ne détruirais pas une ville entière pour débarrasser ses habitants de l'étreinte de la Machine à Bonheur.

— Même si cela devait sauver la Galaxie ?

— Même si cela devait sauver la Galaxie.

— Vous avez parlé au conditionnel...

— En effet. Je voulais seulement que vous connaissiez le risque. Car l'effet le plus pernicieux de la bombe est ailleurs : du fait de son existence, tous vos efforts pour mener à bien l'autre alternative seront insuffisants.

— Pourquoi ?

— Ne comprenez-vous pas ? Sans la bombe, vous feriez tout pour que l'autre moyen réussisse. Vous seriez *obligés*, car vous n'auriez pas le choix.

— Je vois. Mais la bombe est une sorte de police d'assurance. Elle supprime la peur de l'échec.

Quelques personnes entrèrent et, voyant la table occupée, firent demi-tour.

— Attendez ! dit Linda. Nous avons fini. (Elle se pencha vers Kirk et chuchota :) Allons-nous soumettre cette idée au vote ?

Le capitaine secoua la tête.

— Je sais depuis longtemps qu'il n'y a pas de place pour la démocratie dans une bataille ou sur un vaisseau stellaire. Et nous manquons de temps. Montons sur le pont.

— Mais votre bras ?

— Pas de place non plus pour la peur...

La nuit était tombée sur l'océan. Le *Nautilus* avait avancé vers le sud ; les nuits courtes et les jours interminables n'étaient plus qu'un souvenir. Les étoiles scintillaient comme des cristaux. Pour en avoir visité beaucoup, Kirk savait les identifier, même dans le ciel inconnu de Timshel. Elles étaient comme des amies qui le regardaient avec bienveillance.

Dans son bras encore engourdi, Kirk sentait des picotements insidieux qui commençaient à lui faire mal. La Machine envoyait à ses nerfs un message de douleur pour lui rappeler qu'elle pouvait aussi bien, s'il se soumettait, lui donner du bonheur.

Kirk s'assit en laissant pendre son bras gauche dans l'écoutille, comme pour éviter que la Machine entende les conversations environnantes.

Linda le rejoignit et s'assit près de lui.

— J'étais enfant unique, dit-elle comme s'ils venaient juste d'interrompre leur conversation. Mon père était grand, barbu et gentil ; ma mère, plutôt du genre efficace. Elle était sculpteur et pouvait travailler des journées entières sans s'arrêter. J'étais tout pour mon père...

— Il vous adorait. C'est facile à comprendre.

— D'une certaine façon. Plus ma mère nous négligeait, et plus mon père m'abreuvait d'amour. Savez-vous ce que signifie être aimé inconditionnellement ?

Kirk pensa à toutes les femmes qu'il avait connues.

— Peut-être pas...

Il ne précisa pas que, sur l'*Entreprise*, il avait trouvé l'acceptation totale dont elle parlait...

— Et perdre cet amour, imaginez-vous ce que ça signifie ? dit doucement Linda. (Kirk fit signe que non.) Puis réaliser que vous en êtes responsable ?

— Votre devoir n'était pas de...

— Je ne vivais pas à la maison, coupa Linda. Je ne savais donc pas ce qui s'y passait. Un jour, je suis arrivée et j'ai vu mon père en train de recevoir sa paie. (Elle frissonna.) Ce fut comme si je l'avais trouvé dans les bras d'une prostituée. Plus rien n'a jamais été comme avant. Il était devenu quelqu'un d'autre.

— Et c'est alors que vous avez rejoint les rebelles... Mais tuer votre père ne résoudra rien.

— Je sais. Kirk, vous m'avez demandé si je *fraternisais*. Arne et moi étions... en bonne intelligence.

— On dirait qu'il ressemble à votre père ?

154

— Je ne suis pas idiote. Je sais pourquoi j'étais attirée par lui. Il m'aimait, mais il aimait plus encore la liberté, et je respectais son choix. Il ne m'aurait pas trahie comme mon père, parce qu'il était fidèle à son objectif... Détruire la Machine à Bonheur.

— Chacun a ses moyens de rationaliser ses besoins émotionnels.

— Je sais. Je ne réalisais pas qu'il était animé par la haine de la Machine plus que par l'amour de la liberté. Il n'est pas mon père, il n'est plus mon amant. Mais je me sens comme... incomplète.

— Pour se sentir entier, le monde extérieur ne nous est d'aucun secours. La seule manière de réussir est de régler nos problèmes intérieurs. De nous accepter tels ce que nous sommes, et de nous donner le droit de faire des erreurs sans perdre le respect de nous-mêmes.

— Vous voyez ? Comment abandonner la seule chose qui rétablirait l'égalité, qui corrigerait enfin les déséquilibres de *cette* vie ?

— Nous devons tous faire des sacrifices. Si vous me laissez démonter la bombe, vous m'injecterez le virus pour lequel vous avez risqué votre peau...

— Je n'avais pas l'intention de vous permettre cette folie ! Etes-vous décidé ?

— Oui. Ce qui signifie que je devrai accepter la paie de la Machine à Bonheur.

— Oh, Jim ! Et si je vous perds aussi ?

— C'est un risque que je dois prendre. Mais je suis heureux que vous n'ayez pas envie de me perdre.

Kirk se pencha pour embrasser Linda.

Et elle lui dit où était la bombe.

[MESSAGE RADIO SUBSPATIAL]
<émotions = non bonheur
ordinateur = bonheur>
>bonheur ordinateur interrogation<
<bonheur ordinateur = machine à bonheur<
>machine à bonheur = problème humain<

CHAPITRE XIII

VIRUS

La bombe se trouvait dans la salle des machines. Ignorant la réaction qu'auraient les autres membres de l'équipage, Linda préféra agir discrètement.

— J'ai décidé de vous faire confiance. J'espère ne pas avoir tort. Mais nos compagnons n'ont aucune raison de vous croire.

Quand il vit la bombe, Kirk comprit pourquoi elle avait été placée dans la salle des machines. Ses fils étaient connectés au réacteur du moteur. Quelque part à bord du *Nautilus* se trouvait un contacteur qui, une fois la bombe amorcée, devait envoyer un signal. L'énergie amplifierait l'explosion, et le réacteur contribuerait à l'effet dévastateur. Un système ingénieux, qui atteindrait la puissance de plusieurs engins nucléaires. *Peut-être assez pour détruire la ville et la Machine...*

Mais Kirk ne dit rien : ses arguments demeuraient valables. Dénichant quelques outils, il se mit au travail. Il détacha les fils du réacteur, puis ouvrit le couvercle de la bombe et entreprit de démonter le système complexe emboîté dans des gaines métalliques. Abasourdi, il s'aperçut que le montage était à la merci d'un faux mouvement. Qu'un fil en touche un autre et tout sautait. Les fils étaient de différentes couleurs, mais disposés sans logique. De toute évidence, le bricoleur qui avait créé l'engin ne disposait pas de beaucoup de moyens.

Que faire ?

Avec le sentiment d'être un second Alexandre le Grand, Kirk sectionna un fil rouge fixé à la charge explosive, espérant que c'était le pôle positif. Rien. Il n'entendit que son soupir de soulagement. Après avoir éloigné ce premier fil, il en sectionna un noir. Puis il ôta la charge explosive et, ne sachant où la poser, se dirigea vers la porte.

— Surveillez mes arrières, dit-il à Linda en se dirigeant vers la salle des commandes.

Après avoir croisé deux membres de l'équipage auxquels il affirma transporter des ordures, Kirk sortit sur le pont. Se penchant par-dessus le bastingage, il lâcha le paquet dans l'océan. Il le regarda s'enfoncer tranquillement dans l'eau, puis poussa un soupir et rejoignit Linda.

— Tout va bien ?

— Oui.

Nul besoin de préciser à quel point il s'y connaissait peu en bombes atomiques... et combien ils avaient frôlé la désintégration !

Après avoir pris toutes les précautions pour que les éléments ne se touchent pas et que les cœurs des réacteurs soient bien séparés, Kirk revissa le couvercle et remit la boîte et les instruments à leur place.

Il se leva et regarda autour de lui. Si quelqu'un venait, la boîte, qui paraissait intacte, leur ferait gagner quelques minutes précieuses. Et si Johannsen avait l'intention de s'en servir de toute façon ? Un rebelle avait peut-être reçu l'ordre de l'amorcer en entrant dans le port ? Vérifierait-il si elle était toujours là ? Kirk espéra que non.

Le capitaine allait sortir de la salle des machines quand Linda l'enlaça, le plaqua contre le mur et lui donna un baiser sans équivoque. Au moment où il commençait à répondre à son désir, Kirk entendit un bruit de pas. Un membre de l'équipage les dépassa avec un regard surpris — et peut-être jaloux — avant d'entrer dans la salle des machines.

— Désolée, dit Linda.

— Pas moi, répondit Kirk.

Trois jours plus tard, ils atteignirent le port de Timshel. La douleur devenant de plus en plus forte, Kirk fut obligé de rester à l'intérieur du sous-marin. Il ne pouvait apaiser ses craintes : qu'arriverait-il si un des scientifiques découvrait ce qu'il avait fait à la bombe ?

Pour parcourir les derniers kilomètres, le *Nautilus* était resté immergé. Il était minuit quand le bâtiment sortit de l'eau et stabilisa sa position. Kirk ne monta pas sur le pont. Comme Paco, presque guéri, s'était installé dans un hamac, Linda avait récupéré sa cabine. Le capitaine frappa doucement à la porte.

— Entrez, dit la jeune femme en levant la tête. Kirk, je regrette que nous n'ayons pas eu un moment pour être seuls.

— Je connais les exigences du commandement. Je suis juste venu chercher le virus.

— Vous n'êtes pas obligé...

— C'est mon travail, coupa Kirk en relevant la manche de sa chemise. Allons-y.

Linda alla chercher la boîte dans le réfrigérateur, l'ouvrit et sortit une seringue pleine d'un liquide rose.

— Ça va vous rendre malade.

— Je sais. Il reste à espérer que la Machine aussi...

Après une légère hésitation, Linda frotta la peau de Kirk avec de l'alcool et piqua.

— Voilà. C'est fait, dit-elle.

Kirk baissa sa manche et pressa l'un contre l'autre les boutons magnétiques.

— Maintenant, amenez-nous le plus près possible de la plage avant que je sorte. Il y a peu de chances que la Machine ignore notre position, mais autant essayer...

Le submersible entra dans le port. Tous les wampus sauf un le quittèrent et retournèrent au large. Le dernier ouvrit la voie en faisant beaucoup de bruit, comme pour constituer une barrière protectrice d'ultrasons. Confiné dans l'habitacle, Kirk eut l'impression que tout cela était inutile. Savoir qu'il avait involontairement joué le rôle du cheval de Troie lui donnait l'impression que la Machine à Bonheur était omnisciente.

— Maintenant, chuchota Linda.

Le canot pneumatique attendait Kirk. Lorsqu'il sortit, la douleur devint atroce. La jeune femme voulut le précéder, mais il la prit par le bras.

— Vous ne venez pas.

— Je peux vous accompagner, protesta-t-elle, la tête haute.

— Vous serez plus utile en conservant votre indépendance. Dès que je serai parti, retournez à l'endroit où vous avez laissé Johannsen. Surveillez la personne qui devait amorcer la bombe.

— Mais...

— L'autre — votre remplaçant. Débarrassez-vous des cœurs de réacteurs quelque part sur une île déserte. Enterrez-les. Ne les laissez pas tomber entre les mains de Srinivasan, il pourrait les reconstituer.

Linda posa sa main sur celle de Kirk, comme pour le retenir.

— Vous aurez besoin d'aide, vous allez être malade.

— Je *suis* malade, affirma Kirk. (C'était vrai : il se sentait fiévreux, et la tête lui tournait.) Mais je ne peux tolérer que ce monstre prenne un otage de plus.

— Je comprends. Voilà la villa de Marouk, sur la colline. Bonne chance.

160

Linda retourna dans le submersible, et l'écoutille se referma. Avec un haut-le-cœur, Kirk descendit dans le canot, saisit les rames et se dirigea vers le rivage.

Quand il tourna la tête, le *Nautilus* était déjà loin.

Sans cesser de pousser des soupirs sonores, le wampus accompagna Kirk jusqu'à la plage. Le sable crissant sous ses pas, le capitaine s'engagea sur le sentier qui montait au sommet de la colline. Tout ce qu'il venait de vivre lui semblait un rêve, et il redoutait d'ouvrir les yeux.

Monter jusqu'à la villa fut presque aussi pénible que descendre du glacier. Arrivé à la terrasse, Kirk s'assit pour reprendre son souffle. En se levant, il tituba et bouscula une chaise, qui tomba. Il s'immobilisa et attendit un instant, mais personne ne sortit. Ouvrant une porte-fenêtre, il entra dans la pièce qu'il avait quittée deux semaines plus tôt.

Son esprit battait la campagne. La lumière l'éblouit ; il ferma les yeux et les rouvrit avec peine.

— Jim ! Tu es revenu !

C'était la voix de Marouk. La vue brouillée, Kirk dut faire un effort pour distinguer le visage de son ami.

— Bonsoir Kemal, dit-il, au bord de l'évanouissement.

— Ils t'ont laissé partir ? s'étonna Marouk.

— J'ai fui... Je peux m'asseoir ?

— Ça ne va pas ?

— Pas du tout, murmura Kirk en se laissant tomber dans un fauteuil.

— Ils t'ont maltraité ?

— Je crois que j'ai attrapé un virus.

— C'est impossible, protesta Marouk. Timshel est exempte de maladies. Le virus de la bonne santé est universel.

— Ce doit être quelque chose que nous avons apporté avec nous.

— Je vais te faire du café, dit Marouk en quittant la pièce.

En proie à une stupeur fiévreuse, Kirk se massa le front pour rassembler ses pensées : faire quelque chose, il devait faire quelque chose...

Marouk revint avec deux tasses pleines.

— Où sont mes amis ? demanda Kirk en frissonnant, les mains glacées.

— Ils ont été placés en détention, Jim. Je n'ai rien pu faire.

— En prison ? Pourquoi ?

— Ils ont refusé la citoyenneté.

— Comme moi.

— Toi, tu as été enlevé avant d'avoir pu prendre ta décision. Spock, McCoy et Uhura ont été accusés de conspiration contre le gouvernement.

— Quel gouvernement ? Il n'y en a pas ici.

— Si on les avait laissés libres, ils auraient enquêté et fait des enregistrements.

— A quoi vous attendiez-vous ? s'écria Kirk. Ce sont des scientifiques, ils cherchent à savoir comment les choses fonctionnent.

Un vrai cauchemar : ses amis avaient été emprisonnés pour ce qu'ils *auraient pu* faire ; c'était du pur Kafka. La pièce se mit à tourner autour de Kirk.

— Désolé, Jim. J'ai essayé de les faire libérer par Wolff. « Après tout, dans le cadre d'un système universellement approuvé comme le nôtre, une insurrection est impensable », lui ai-je dit. « Laissez-les faire ce qu'ils veulent. » Mais Wolff a répliqué qu'il avait reçu des ordres de la Machine à Bonheur et qu'il n'obéirait pas aux miens.

— N'oublie pas, Kemal, que j'ai été enlevé par un groupe violemment opposé à la Machine.

— Un poignée de dissidents, dit Marouk en secouant la tête. Tu vois, certaines personnes sont incapables d'acccpter le bonheur. Leur petit nombre prouve le succès du système ; ils ne représentent pas une menace pour nous.

— Leur engin atomique aurait pu détruire Timshel.

— Aurait pu ?

— Je l'ai démonté.

— Je savais que je pouvais compter sur toi pour faire ce qu'il fallait.

— Tu étais au courant, pour la bombe ?

— Non, mais je pensais qu'une attaque se préparait.

— Vous avez tout prévu, la Machine et toi.

— Tu sais, Jim, que la violence n'est pas une solution. J'ai prévu tes réactions, et la Machine à Bonheur m'a suivi.

— Tu en parles comme si c'était une personne.

— Oh, c'est le cas ! Une intelligence artificielle avec le pouvoir d'un dieu et l'expérience d'un enfant. Elle commence seulement à découvrir le monde, et de quoi les gens sont capables.

— Le pouvoir d'un dieu... J'en ai été témoin : elle a détruit le camp des rebelles.

— Il y a eu des morts ?

— Pas que je sache.

— Bien...

— Parle-moi de mes amis, Marouk.

— Ils sont les garants de ta bonne conduite, et peut-être des boucliers humains contre toute intervention de l'*Entreprise*. Je vais les voir chaque jour, je leur ai affirmé que tu allais bien. J'y croyais, tu sais : j'ai pleinement confiance en tes ressources.

Kirk prit la tasse de café dans l'espoir que le breuvage lui donnerait la force d'agir.

— Comment puis-je les faire libérer ?

— En acceptant la paie.

— Si c'est le prix de leur vie..., dit Kirk en essayant de se lever. Allons-y. Après avoir été le cheval de Troie, je serai l'agneau du sacrifice.

Marouk l'aida à s'allonger sur la couchette.

— Mets le rubis dans la prise, ordonna-t-il.

Voyant que Kirk était incapable de coordonner ses mouvements, il effectua l'opération à sa place et s'éloigna.

Dès que la prise eut avalé la pierre, la douleur cessa. La fin de la souffrance était déjà proche du bonheur : les effets du virus disparurent également. Kirk se sentit presque normal, mais d'une normalité *floue*. Une lueur rosée tomba sur son visage ; il fut saisi par une félicité inconnue qui s'abattit sur lui tel un incendie irrésistible ravageant tout sur son passage.

Aucune existence ordinaire ne pouvait offrir la profondeur de cette émotion. C'était comme l'Eden avant la chute. Tout n'était qu'amour, sans aucun doute, sans réserve, sans jalousie ni culpabilité, sans même l'idée que ces notions puissent exister. Amour pur. Bonheur pur.

L'univers entier était submergé d'amour.

Ce sentiment fut si puissant que Kirk se tendit pour participer à la joie, pour ne faire qu'un avec l'univers. Un cri d'extase s'échappa de sa gorge et son corps retomba sur la couchette, complètement détendu.

Il s'endormit. Il rêva qu'il était petit garçon et que sa maman le cajolait sous le regard bienveillant de son papa. Il avait fait quelque chose de remarquable, et ses parents étaient fiers qu'il soit un si *bon* garçon.

Il rêva de la première fois où il avait mordu dans une tarte aux pommes, de sa première crevette, des premières fraises à la crème, du jour où il avait senti l'odeur des foins couverts de rosée. Il se revit plonger dans l'étang chez sa grand-mère, glisser sur la neige immaculée, chevaucher un étalon dans la prairie au soleil couchant.

Il rêva de son premier amour, de ses amis au soutien indéfectible. Il revécut la satisfaction de faire du bien aux autres, et la gratification qu'il recevait en retour.

Il rêva de compétitions sportives, de joie de victoire. Il revécut la découverte de la lecture et des programmes informatiques. Il revit son professeur préféré...

Il rêva de son amour pour ses parents, du plaisir qu'il y avait à obéir aux ordres de ses supérieurs, de sa camaraderie avec ceux qui partageaient ses aventures stellaires.

Il rêva de celles qu'il avait aimées. Elles ne faisaient plus qu'une seule personne, avec qui l'union était totale... Une fusion parfaite de l'homme et de la femme pour former un être qui les dépassait tous deux.

Il dormit entre les bras de la Machine à Bonheur.

[MESSAGE RADIO SUBSPATIAL]
<machine à bonheur = bonheur humain>
>humains contestent<
<contestent = petit nombre
bonheur = grand nombre>
>grand nombre = erreur interrogation
petit nombre = bonne interrogation<

CHAPITRE XIV

LE LENDEMAIN MATIN

Kirk s'éveilla et ouvrit les yeux. Sur les murs, le soleil formait de petites taches dansantes. Encore sous l'effet des rêves merveilleux qu'il venait d'avoir, le capitaine s'étira voluptueusement. Depuis qu'il avait posé le pied sur cette planète, jamais il ne s'était senti aussi bien.

Il s'assit et rassembla ses esprits. Il avait reçu une paie et, il fallait bien l'admettre, il n'avait qu'un désir : que recommence cette extase, ce bonheur total. Adam et Eve avaient dû ressentir la même chose après avoir été chassés du paradis. Mais rien ne l'empêchait de refaire cette expérience : il lui suffisait de coopérer pour connaître à nouveau la jouissance.

En proie à un insupportable conflit intérieur, Kirk sauta de la couchette. Le sens du devoir, les notions de responsabilité et de « bien » se battaient contre l'attrait irrésistible de la paie. Il eut honte d'avoir succombé aux manipulations de la Machine. Mais maintenant, il savait ce qui avait « retourné » Dani et Wolff, et qui pouvait le circonvenir à son tour.

Quand Kirk entra dans la cuisine, Marouk leva le nez de sa tasse et constata l'évidence.

— Tu es réveillé...

— Je me sens bien, mais coupable.

— Ça te passera. Ça passe à tout le monde.

— Tout le monde ? dit Kirk en se versant une tasse de café et en s'asseyant en face de son ami.

— Tous ceux que je connais, en tout cas.

— Les rebelles m'ont parlé de résistants. Il paraît que certains ont demandé qu'on leur enlève le bracelet.

— Ils en sont morts.

— Oui, mais ils ont été capables de refuser le plaisir mécanique de la Machine à Bonheur, sachant que c'était au prix de leur vie.

— Et toi Jim, que choisis-tu ? La félicité ou la mort ?

— Je continue de croire à une troisième voie. Où sont Marine et les filles ?

— Je les ai envoyées ailleurs ; je ne voulais pas qu'elles te voient...

— Qu'elles me voient ?

— Changé...

— Est-ce que j'ai l'air changé ? demanda Kirk en prenant une gorgée de café.

— Non. Mais tu l'es quand même, et ça finira par se lire sur ton visage.

— Comment sont les gens quand ils changent ?

— Tu as vu DeKreef et Dani.

— Tu veux parler de « l'hypnose laborieuse » ?

— Ça... et d'autres choses.

— Quelles autres choses ? s'enquit Kirk en prenant une tartine.

Surpris d'avoir faim, il constata que son corps fonctionnait à la perfection. Marouk avait raison : la paie le tonifiait.

Le problème était dans sa tête.

— L'abandon de la famille et des amis, le renoncement aux anciennes valeurs.

— Et c'est ce que tu appelles une société parfaite ?

Kirk songea à la paie et fut saisi du désir morbide de recommencer. Pour se protéger, il cita :

— « Clairement, indiscutablement, totalement et de façon mesurable : le bonheur parfait » ?

Marouk hocha la tête en reconnaissant ses propres paroles.

— C'est exactement ça, et tu le sais. On ne peut entrer au paradis sans laisser derrière soi les préoccupations domestiques. Mais ceux qui n'ont pas franchi le pas se sentent abandonnés.

— Ça y ressemble fort...

— Et je préfère que Marine et les filles ne le voient pas. Elles t'admiraient.

— Tu utilises l'imparfait ?

— Tu n'es plus la même personne que lorsque tu les as vues la dernière fois. Elles s'en apercevraient. Ça les attristerait et ça pourrait modifier leur opinion sur la Machine à Bonheur.

— Les rebelles...

— N'ont pas vu plus loin que leur souffrance immédiate.

— Bien sûr que j'ai changé ! s'écria Kirk. Toute expérience modifie un homme, et j'en ai eu plus que ma part depuis mon arrivée sur cette planète. Mais je ne suis pas devenu une autre personne !

— Regarde au plus profond de toi et répète ce que tu viens de dire, dit doucement Marouk.

Kirk ferma les yeux.

— Bon. On ne peut recevoir une paie sans éprouver le désir de recommencer. Mais on n'évolue jamais que dans les limites de son propre potentiel, comme tu me l'as dit il y a quelques jours... (Marouk hocha la tête.) Une seule chose m'intéresse, poursuivit Kirk d'une voix tremblante : quand pourrai-je avoir une autre paie ?

— Tu dois la gagner, répondit son ami, une lueur de pitié dans les yeux.

— La première n'était qu'un échantillon gratuit pour appâter le poisson ?

— Si c'était une drogue, ce serait plus facile. J'ai un tas de réponses à te donner, Jim, mais il faut que tu me croies... J'aurais aimé que tu sois différent. Tu as gagné ta première paie en conduisant la Machine à Bonheur dans le camp des rebelles et en démontant l'engin atomique.

— Reste-t-il quelqu'un à trahir ? s'écria Kirk avec une grimace. Est-ce le travail que la Machine compte m'assigner ?

— Ne sois pas trop sévère avec toi-même, Jim. Les plans machiavéliques, tu connais ça. Tu avais compris avant que je te le dise...

— Peut-être, mais ça ne signifie pas que ça me plaisait, ni que j'apprécie ton comportement. Que dois-je faire maintenant ? Comment gagner ma prochaine paie ?

— Quelle importance ? Tu feras ce que la Machine à Bonheur te dira de faire.

— Maintenant, je comprends pourquoi les gens passent leur temps à balayer les rues ou à s'abrutir sur les lignes de montage ! Kemal, comment as-tu pu laisser une telle monstruosité se produire ? Comment l'homme intelligent et humain que j'ai connu a-t-il pu perdre toute foi en l'univers ?

— Je ne l'ai pas perdue, Kirk. Je ne l'ai pas perdue...

— Te souviens-tu du Diable, qui a transporté Jésus sur la montagne pour lui offrir la puissance et la gloire s'il renonçait à sa mission ?

— Tu n'es pas un dieu et je ne suis pas le Diable. La Machine à Bonheur non plus. La tentation dont tu parles a toujours été enfouie dans le cœur de l'humanité, jusqu'à ce que celle-ci trouve le moyen de la faire apparaître. Depuis la nuit des temps, les hommes ont la passion de l'apocalypse. Si ce n'avait pas été DeKreef, un autre scientifique aurait fait cette découverte. Un autre ordinateur que la Machine à Bonheur l'aurait appliquée sur une autre planète que Timshel...

— Et si ce n'avait pas été toi et moi...

— Je n'essaie pas de m'absoudre, dit tristement Marouk. DeKreef a programmé l'ordinateur que j'ai construit. La Machine est apparue au moment où elle devait apparaître. Quand j'ai compris, il était trop tard. J'admets ma part de responsabilité.

— Je ne comprends toujours pas pourquoi tu t'es associé à cette monstruosité.

— DeKreef croyait que l'humanité avait besoin d'aide pour devenir bonne. Selon lui, les religions avaient échoué parce qu'elles promettaient la récompense *après* la mort, et que personne n'en était jamais revenu pour témoigner.

« Avec la Machine à Bonheur, il pouvait récompenser les mérites de façon indiscutable. Les gens savaient pourquoi ils devaient être bons : les vertus seraient immédiatement récompensées. Les péchés seraient éliminés. L'homme se rapprocherait de l'ange... »

— Les anges ont leur place, et elle n'est pas ici-bas. Les habitants de Timshel ressemblent plus à des *consommateurs* de plaisir. Sans volonté, sans libre arbitre, la bonté n'a pas de sens.

— Dans l'histoire de l'humanité, quand les gens ont-ils eu la liberté d'exercer leur volonté ?

— Les hommes sont manipulés de la naissance à la mort, admit Kirk, mais ils ont également la capacité de s'en rendre compte. Ils peuvent choisir de ne pas dépendre uniquement de leurs gènes ou de leur environnement. C'est cela, être humain.

— Tu négliges trop facilement les rêves de bonheur...

— La vie ne se résume pas au plaisir. C'est aussi le désir, la lutte, l'accomplissement de soi... la déception, la souffrance et le chagrin. Si tu leur enlèves ça, les gens ne sont plus que des ordinateurs obéissant à un programme.

— Tu y as goûté, Jim. Le bonheur dispensé par la Machine n'est pas mécanique.

— Mais il pourrait entraîner la fin de l'humanité !

— Tu exagères...

— Regarde autour de toi ! Où sont les enfants de moins de deux ans ?

Pour se calmer, Kirk se leva et ouvrit une porte donnant sur le patio.

— Tu ne manges rien, Jim ? demanda Marouk.

— J'ai perdu l'appétit !

Kirk sortit dans le jardin. Le soleil commençait à éclairer le toit de la villa. Dans la baie d'un bleu enchanteur croisait la longue forme grise d'un wampus.

Kirk leva une main en guise de salut, puis la reposa sur le dossier d'une chaise pour l'empêcher de trembler. Marouk s'approcha de lui.

— Un monde magnifique, n'est-ce pas, si les hommes ne l'avaient pas pollué ?

— Quelles sont vos intentions vis-à-vis d'eux ? demanda Kirk en désignant le large.

— Les wampus ?

— Ils sont intelligents, tu sais. Johannsen l'a prouvé : il leur parle.

— Du moins, c'est ce qu'il raconte.

— Je le crois. Il m'a dit des choses qui ne s'inventent pas. Et puis, j'ai vu les wampus aider les résistants à échapper au glacier.

— Aider les *rebelles*, tu veux dire... Tu viens peut-être de gagner ta prochaine paie ? (Kirk jeta à Marouk un regard interrogateur.) Ne t'inquiète pas : tu ne m'as rien dit que la Machine à Bonheur ne sache déjà. Penses-tu qu'elle ignore quoi que ce soit ?

— Oui. Si elle était omnisciente, elle ne poursuivrait pas dans cette direction absurde.

— Tu crois qu'elle ne connaît pas tous ces arguments ? Elle les a balayés ! Des constructions illogiques d'esprits inadéquats.

— C'est toi qui les lui as présentés ?

— Moi et d'autres. Surtout moi.

Kirk s'efforça de saisir ce que Marouk voulait lui faire comprendre.

— Que veut faire la Machine à Bonheur avec les wampus ? Ce sont des non-humains très intelligents ; ils peuvent contribuer au développement de la galaxie. Leur sort est peut-être plus important que celui d'un million de personnes.

— Je ne sais pas. La Machine me dit seulement ce que je dois connaître. Mais sa programmation est suffisamment souple pour s'étendre à toute créature intelligente ; de plus, elle est capable de se reprogrammer seule, si nécessaire.

— Donc, les wampus peuvent subir le même sort que les humains de Timshel...

— Ce n'est pas le pire des scénarios, Jim. Nous vivrons dans la félicité jusqu'à la mort du dernier d'entre nous. Mais la Machine à Bonheur, elle, survivra. Elle se réparera toute seule, couvera la ville et la planète jusqu'à ce que d'autres arrivent pour se voir offrir le paradis.

— Quelle vision d'horreur !

— Il y a pire. La Machine est une intelligence artificielle capable d'actions autonomes. J'ai établi le blocus il y a deux ans, quand j'ai compris qu'elle apprenait et grandissait. Je croyais que le paradis pouvait rester confiné sur Timshel.

— Un espoir futile...

— C'était le seul moyen dont je disposais, et il a échoué. Quand les agents de la Fédération sont arrivés, la Machine a compris qu'il y avait ailleurs des humains auxquels elle pouvait apporter le bonheur. Elle a prévu d'envoyer des missionnaires apporter la bénédiction de la joie au reste de la Galaxie.

— Johannsen avait raison sur ce point aussi...

— Il pouvait : c'est moi qui l'ai prévenu.

— Quel double jeu joues-tu, Marouk ? souffla Kirk.

— Le seul que je puisse. La Machine sait tout ce que je fais, et elle ne m'arrête pas parce que mes actions collent avec son plan. Elle se sent invulnérable, à juste titre.

— As-tu essayé de la détruire ?

— Très tôt, j'ai essayé de lui couper le courant, mais elle avait déjà créé ses moyens d'autoprotection. Ma tentative l'a mise en garde contre d'autres essais. Les bracelets sont une excellente garantie contre les pensées destructrices. Entre-temps, DeKreef a été séduit, et j'ai compris que je ne pouvais résoudre le problème seul. Moi aussi, comme DeKreef, j'ai été tenté.

— Toi ?

— Les projecteurs ne sont pas parfaits. Les différentes fréquences sont comme des aperçus sur la terre promise — toujours disponibles pour le demandeur. On n'a même pas à être bon ; il suffit d'accepter la Machine à Bonheur, puisqu'elle nous aide à le devenir. Et qu'elle nous apporte le bonheur...

— Peut-être aurais-je dû laisser les rebelles faire exploser leur engin...

174

— Ils auraient détruit toute vie sur Timshel, mais la Machine n'aurait pas été touchée. Qui sait comment cet acte aurait modifié ses plans ?

— Et les nôtres ?

— La seule solution, c'est de détruire *Timshel*, dit Marouk à voix basse.

Il blêmit, comme s'il luttait contre quelque chose de profondément enfoui dans sa poitrine.

Kirk tourna le regard vers la porte-fenêtre. Sous la douce lumière du matin, les oiseaux s'ébattaient dans la rosée. L'air sentait bon l'iode ; la végétation luxuriante chantait un hymne vibrant à la nature. Ce monde était si beau ! Kirk eut du mal à croire ce qu'il venait d'entendre. Marouk proposait un suicide collectif.

— La Machine entend tout ce que nous disons, fit remarquer Kirk.

— Crois-moi, j'en tiens compte...

— Comment espères-tu réussir ?

— Espérer ? ricana amèrement Marouk. C'est un mot que je ne connais plus. Tout ce qui me reste, c'est le désespoir, et le postulat incertain que la Machine ne saisit pas toutes les finesses de la pensée humaine...

— Tu dois comprendre que ce que tu proposes est impossible. (Marouk secoua la tête.) C'est la vérité ! protesta Kirk, je n'arrive plus à joindre l'*Entreprise*. Il me paraît évident que la Machine à Bonheur a déjà contaminé l'ordinateur de bord : il me refuse de contacter Scotty.

— Déjà ! murmura Marouk avec une mimique désolée. Sa campagne a déjà commencé...

— Peut-être n'a-t-elle pas encore accédé aux réseaux subspatiaux de l'*Entreprise*. Si c'est le cas, ses activités sont restreintes à ce système solaire.

— Oui... Et ton ingénieur devra agir seul.

— Même si la chose était possible, Scotty ne commettrait jamais un acte de destruction à grande échelle.

Nous ne détenons pas la Machine à Armageddon. Si un tel engin existait, il ne se trouverait pas à bord d'un vaisseau de la Fédération, parce qu'il serait hors de question de l'utiliser. Et il ne viendrait pas à l'esprit d'un capitaine de Starfleet de détruire un monde pour le sauver.

— Fabriquer un engin infernal de fortune ne devrait pas être difficile... Disons une bombe sous forme d'antimatière contenue dans une enveloppe de neutronium, répliqua Marouk, obstiné. Avec l'équipement de l'*Entreprise*, je pourrais la mettre au point en moins d'un jour. Une fois la charge lâchée dans l'atmosphère, le processus serait irréversible. La libération de l'antimatière réduirait la planète en poussière.

— Merci d'expliquer tout ça à la Machine à Bonheur, grimaça Kirk avec un coup d'œil à son bracelet.

— La Machine peut faire beaucoup de choses pour modifier sa programmation, mais elle ne peut trahir sa nature essentielle. Et cette nature est *bonne*.

— Elle n'hésite pourtant pas à justifier la déstabilisation d'un glacier : si les rebelles partent à temps, il n'y aura pas de victimes...

— A l'inverse des capitaines de la Fédération, tu crois qu'elle peut préparer la destruction de tout un monde afin de préserver ses objectifs à long terme ?

— Peut-être pas, dit Kirk en haussant les épaules. Si personne n'a introduit cette possibilité dans sa mémoire... En tout cas, Scotty n'envisagera jamais une telle action. Je ne lui donnerais pas l'ordre de le faire ; et même dans le cas contraire, il refuserait d'obéir. J'ai plus confiance en mes officiers et en mon équipage que toi en ta sacrée Machine.

— J'ai peut-être toujours su que c'était perdu d'avance, dit Marouk, le regard perdu dans le lointain. Mais il fallait que j'essaie. Je suis un homme plein de ressources ; pourtant, tout ce que j'imagine ne sert à rien.

« Les plans des rebelles ont été réduits à néant... C'est normal, nos techniques étaient dirigées vers la recherche sociale et artistique — vers la paix plutôt que la guerre. Toi et l'*Entreprise* étiez notre dernier espoir. »

— Alors, tu baisses les bras ?

Marouk hocha la tête lentement.

— Au nom du salut, j'ai fait des choses terribles. A Timshel, aux rebelles, à toi et tes amis. Nous aurions dû mourir seuls, mais je t'ai attiré ici, dans la toile d'araignée que nous avons nous-mêmes tissée. Maintenant, j'ai lutté trop longtemps et je suis prêt à accepter le bracelet.

Kirk saisit le bras de Marouk.

— Tout n'est pas perdu ! Tu ne peux pas abandonner ! Moi, je m'y refuse.

Marouk regarda son ami dans les yeux.

— D'accord, Jim. Si tu ne veux pas détruire Timshel, il faudra trouver une autre solution. Parce que, maintenant, c'est *ton* problème.

[MESSAGE RADIO SUBSPATIAL]
<humains = ignorance des besoins>
>qui connaît besoins humains sinon humains
interrogation<
<ordinateur + données + volition = actions sages>
>grande responsabilité
et si erreur interrogation<

CHAPITRE XV

LIBÉRATION

La matinée, qui avait si bien commencé, était devenue maussade et froide. Kirk rentra dans la maison et se dirigea vers le couloir, Marouk sur les talons.

— Où vas-tu ?

— Libérer mes amis. Tu as promis qu'ils seraient relâchés si j'acceptais une paie.

— J'ai dit que c'était une éventualité... Parce que je t'ai vu triste et malade.

— Marouk, tu n'es pas en train de jouer au chat et à la souris avec moi, j'espère ?

Ils se tenaient dans le hall d'entrée. A droite se trouvait la grande salle de séjour, à gauche le bureau avec ses étagères et la couchette prometteuse de jouissance. Se sentant attiré vers cette dernière comme par un aimant, Kirk résista férocement.

— Le double jeu est terminé, dit doucement Marouk. Je t'ai prévenu : maintenant, c'est ton problème. Moi, je ne sais plus ce qui se passe ; depuis hier soir, je n'ai pas eu de nouvelles de la Machine à Bonheur. (Il ôta le petit appareil de son oreille et l'observa.) Je ne sais pas pourquoi ce truc ne marche plus. La Machine m'a-t-elle déconnecté parce que je suis devenu inutile ou parce qu'il lui est arrivé quelque chose ?

Kirk espéra que le virus de Linda était entré dans la Machine et avait inhibé ses programmes actifs — ou, à la rigueur, remplacé ses directives. Mais l'espoir avait un arrière-goût amer ; il en comprit la raison un peu plus tard. La fin de la Machine à Bonheur signifiait la privation définitive de paie.

Kirk rejeta cette pensée. Il s'arracha au bureau, traversa le jardin, sortit dans la rue et prit le chemin du centre-ville, suivi par Marouk qui avait du mal à ne pas se laisser distancer. Quelques personnes les regardèrent passer, abandonnant leur labeur. Un policier fit un mouvement dans leur direction, mais se ravisa en l'absence de directives.

Le changement de comportement des citoyens rendit Kirk aussi mal à l'aise que leur ancienne obsession.

— Que se passe-t-il ?

Marouk secoua la tête en signe d'ignorance. Les deux hommes continuèrent. Quand ils atteignirent le centre, seule la moitié des citoyens nettoyait la place ; les autres se tenaient immobiles, semblant se demander ce qu'ils faisaient là.

— Il est arrivé quelque chose, dit Kirk en pénétrant dans le Q.G. de Wolff.

— Tes amis ne sont pas ici, annonça Marouk. Ce n'était pas assez grand pour trois prisonniers, et Wolff a décidé de les séparer. « Les officiers de Starfleet sont trop intelligents », a-t-il dit. Il a improvisé des cellules là-bas.

Marouk désigna le bâtiment du Gouvernement Mondial et y entraîna Kirk. Quand les deux hommes pénétrèrent dans la rotonde, le chandelier central et les appliques murales s'allumèrent. Marouk se dirigea vers la porte de droite, dont le verrou était ouvert.

La pièce était équipée d'une couchette, d'une table métallique et d'une chaise en plastique. Rien d'autre. Il n'y avait personne ici, ni dans les salles attenantes.

Revenant dans le hall, Kirk s'approcha de la porte de gauche. Cette fois, le verrou était fermé. Kirk le débloqua ; le battant s'ouvrit. La pièce, semblable à celle qu'ils venaient de quitter, était également vide, mais il restait de la vaisselle sale sur un plateau. Des bruits de pas retentirent et Uhura émergea d'une salle voisine.

D'anxieux, son visage devint radieux.

— Capitaine ! s'écria-t-elle. Je suis si heureuse de vous voir !

— Pas autant que moi, grimaça Kirk. Où sont Spock et McCoy ?

— Je ne les ai pas vus depuis qu'on nous a enfermés.

— Qui se trouvait dans la pièce de l'autre côté du hall, à droite ?

— Ils m'ont mise ici en premier, donc je ne peux rien affirmer... Mais je crois que c'était Spock.

— Allons voir la troisième cellule, suggéra Kirk.

Suivi par Marouk et par Uhura, le capitaine se dirigea vers la dernière porte, de l'autre côté du hall d'entrée.

Quelque chose était arrivé à un de ses officiers — un de ses amis. Soit il s'était échappé, soit il avait été relâché. A moins qu'on ne l'ait transféré ailleurs. Il pouvait aussi être mort.

Kirk sentit la colère monter en lui.

Le capitaine tira le verrou, et la porte s'ouvrit. McCoy était assis sur la chaise, écrivant quelque chose sur la tablette amovible.

— Jim ! Vous êtes sauf ! s'exclama-t-il en saisissant la main de son capitaine. Et Uhura, vous allez bien aussi ! Bonjour, Marouk, ajouta-t-il froidement. Je ne me faisais pas de souci pour vous. Où est Spock ?

— J'espérais que vous me le diriez, soupira Kirk.

— Nous avons été enfermés ici par ces crétins de zombies aux ordres de Wolff. Et votre ami, ici présent, n'a rien fait pour nous aider.

— Mon seul souci était de limiter les dégâts faits par la Machine à Bonheur, murmura Marouk, l'air coupable.

— Une bonne excuse pour justifier une collaboration avec ce ramassis de transistors lunatiques, répliqua McCoy, cinglant.

Kirk leva une main pour ramener la paix.

— Arrêtons les récriminations ! Kemal m'a expliqué son comportement. Je n'aurais peut-être pas agi de même, mais je le comprends.

— Vous avez toujours eu une nature généreuse, Jim, grogna McCoy. Quand nous sommes arrivés ici, les portes étaient *déjà* munies de verrous...

— Autrement dit, la Machine avait prévu qu'elle aurait besoin d'une prison.

— Ce n'est pas tout : ils n'en avaient mis que sur trois cellules ! La Machine savait que vous alliez être enlevé !

— Ça me paraît clair, soupira Kirk.

— Comment savait-elle ? demanda Uhura en fronçant les sourcils.

— Classique. On informe l'opposition qu'un éventuel allié va se trouver « par hasard » sans surveillance. On le laisse se faire enlever et il révèle la position du Q.G. des ravisseurs, qui peut alors être détruit.

— Vous avez été attaqués ? s'exclama Uhura.

— Par un glacier instable, expliqua Kirk. Il n'y a pas eu de victime, mais les forces d'opposition ont été dispersées, probablement sans espoir de retour.

McCoy se mit à faire les cent pas.

— Au moment où vous avez été pris, nous avons eu mal au bras. Spock n'a rien dit. Uhura souffrait mais elle ne l'a pas laissé voir. Je me suis plaint : il m'a été répondu qu'il suffisait d'accepter la citoyenneté...

Kirk hocha la tête.

— Bref, Wolff nous a nourris et m'a même donné quelque chose pour écrire... Mais la douleur augmentait chaque jour, et je m'inquiétais pour Spock et Uhura. Wolff ne nous laissait pas communiquer et ne m'informait pas de leur état de santé.

— N'avez-vous pas été tenté d'accepter ? demanda Kirk.

— Pas vraiment. Non que j'aie une résistance extraordinaire à la douleur, mais la paie me fait peur.

Une ombre passa sur le visage de Kirk.

— Je sais ce que vous voulez dire...

— J'ai eu ma part d'angoisses dans cette vie, reprit McCoy, et j'ai appris à faire avec. Mais je ne suis pas certain de pouvoir vivre en état de bonheur total.

— Vous avez raison, approuva Kirk. Ce peut être pire que la douleur.

— Je ne supporterais pas d'être quelqu'un d'autre, continua McCoy. Même si je ne suis pas satisfait de mon sort, il n'est pas question que je laisse un être ou une substance quelconque gouverner ma vie...

— Même si cette substance est le bonheur ?

— Je m'inquiétais pour les autres. N'étant pas certain de pouvoir revenir dans un monde de souffrance après avoir goûté à la félicité ultime, je me demandais ce qu'ils avaient décidé...

— Vous auriez pu me faire confiance, protesta Uhura, vexée.

— J'ai plus confiance en vous qu'en moi-même, répondit McCoy. Mais Spock... Pour moi, ce qui est arrivé est clair.

— Expliquez-vous, ordonna Kirk.

— Ce fils de Vulcain exclusivement logique s'est laissé offrir une paie !

Uhura ne protesta pas.

— C'est possible, admit Kirk. Mais s'il l'a fait, je suis certain qu'il avait une bonne raison. De nous tous, il était le mieux armé pour la supporter.

— A part vous, Jim. (Kirk ouvrit la bouche pour dire quelque chose, mais le docteur l'interrompit.) Rien ne peut humaniser Spock. Bon. La douleur augmentait, perturbait mon sommeil. Et cette nuit... D'un seul coup, elle a disparu. Je n'ai jamais dormi aussi profondément.

— Juste au moment où j'ai reçu la paie, souffla Kirk.

— Vous, Jim ? s'étrangla McCoy.

— Les circonstances étaient spéciales...

— Il avait mal au bras et il était très malade, expliqua Marouk. Et je lui ai dit que ça vous aiderait.

— Vous avez fait ça... pour nous ? murmura Uhura.

— N'exagérons rien, grimaça Kirk. J'avais d'autres raisons.

— Vous allez bien ? demanda McCoy, inquiet.

— D'une certaine façon. Mais ne me laissez pas approcher d'une couchette. (Le docteur sourit.) Vous croyez que je plaisante, pourtant je suis sérieux. Vous aviez raison... Notre capacité à supporter le bonheur pur est limitée. Je peux vous dire que si on ne met pas un terme à ce qui se passe ici, ce sera la fin de l'humanité.

— C'est si mauvais que ça ? demanda McCoy.

— Non, c'est trop bon !

McCoy et Uhura échangèrent un regard. Kirk éprouva une certaine irritation en voyant de la pitié dans leurs yeux.

— Bien, dit McCoy. Rentrons sur l'*Entreprise* et je vous ferai subir un bilan de santé.

— Oui, approuva Uhura, et nous préparerons ensemble la destruction de la Machine à Bonheur. Nous devrions pouvoir isoler les ondes électromagnétiques de son fonctionnement « mental »... les seuls modèles de pensée artificiels de la planète. Si nous ne pouvons pas l'attaquer directement, une pulsion électromagnétique fera sauter les communications de la planète, et peut-être la mémoire de l'ordinateur. Ça prendra un certain temps pour réparer, mais...

— Il y a un gros problème, coupa Kirk. Nous ne pouvons plus être téléportés à bord.

— Pourquoi ? s'étonna Uhura.

— Nous n'avons pas de moyen de communication... Et l'ordinateur a refusé de transmettre mes messages à Scotty.

— *Refusé* ?

— Je crois qu'il est passé sous le contrôle de la Machine à Bonheur. Il a peut-être raconté à Scotty qu'il ne réussissait pas à nous localiser.

— Qu'allons-nous faire ?

— Nous devrons nous débrouiller seuls.

Cette fois, ce ne fut pas de la commisération que Kirk lut dans les regards de ses officiers. McCoy prit une profonde inspiration.

— Tout organisme possède un point faible, déclarat-il. Nous devons trouver celui de la Machine à Bonheur. (Il se tourna vers Marouk.) Vous la connaissez mieux que nous. Quel est son talon d'Achille ?

— C'est une machine... Elle n'est pas aussi mobile qu'un animal.

— Très juste.

— Mais elle s'est dupliquée de façon à être omniprésente sur ce monde. Du coup, il est plus difficile de la détruire. Par ailleurs, elle fonctionne à partir d'un programme, donc elle est moins souple qu'un humain. Mais elle a tellement modifié son programme d'origine

185

qu'il est pratiquement impossible de prévoir ses réactions. Elle est capable d'effectuer simultanément un nombre inimaginable d'opérations.

McCoy fit un pas vers Marouk, le regardant comme s'il allait le frapper. Puis il s'arrêta :

— Je commence à croire que vous ne voulez pas que nous détruisions la Machine à Bonheur.

— Je suis réaliste, c'est tout. Vous n'aurez probablement qu'une seule chance.

Kirk intervint.

— Ça me fait penser à une chose importante.

— Oui ?

— Les ordinateurs sont sensibles aux virus. Les gens aussi : préjugés, haine, folie, fanatisme, messianisme... DeKreef a créé un virus humain plus puissant que tout autre : le bonheur complet. Ce mal a contaminé un monde et il menace de s'étendre à toute la Galaxie.

— Mais les ordinateurs sont plus sensibles aux virus que les hommes, fit remarquer Uhura. Ils se montrent plus faciles à programmer et plus faciles à contaminer.

— Bref, nous devons trouver un virus aussi dangereux pour la Machine à Bonheur que celui de DeKreef le fut pour l'humanité, déclara Kirk.

— Le Bonheur absolu pour la Machine ? suggéra McCoy.

Le capitaine secoua la tête.

— Je ne sais pas encore, avoua-t-il. Une des rebelles a créé un virus informatique et me l'a injecté avec celui de la grippe. Peut-être l'ai-je déjà transmis à la Machine ? Les choses ont changé dehors ; elle est sans doute contaminée. La première chose à faire, c'est de vérifier.

Suivi de ses amis, Kirk traversa le grand hall. En passant, il jeta un coup d'œil aux fresques. Il ne leur trouva plus la même signification que la première fois : elles paraissaient appeler au secours.

Le petit groupe grimpa les marches jusqu'au cinquième étage.

— Je ne crois pas que nous devrions faire ça, Jim, protesta Marouk.

— Nous devons savoir où nous en sommes, affirma Kirk. Tôt ou tard, il faudra affronter cette Machine.

La porte donnant sur l'escalier s'ouvrit. Kirk en tête, ils montèrent jusqu'au dernier étage. Lorsque le capitaine s'arrêta, les autres se rangèrent derrière lui, curieux et inquiets à la fois.

— Eh bien, Jim ? demanda McCoy.

— Rien, dit Kirk en s'effaçant pour le laisser entrer.

Au milieu de son antre, la Machine à Bonheur trônait, tous voyants éteints, ventilateur arrêté.

— Nom d'un petit martien ! s'exclama McCoy, le virus a fait son œuvre !

— Je n'arrive pas croire que ce soit si simple, murmura Kirk.

— Je suis de ton avis, approuva Marouk.

— Ça arrive parfois, dit Uhura. On lutte si fort et si longtemps que lorsque la victoire arrive, on n'arrive pas à réaliser.

— Mais pourquoi la Machine est-elle éteinte ? demanda Kirk.

— Excellente question, dit Marouk. Même si le virus a fait effet, pourquoi se serait-elle arrêtée ?

— C'est peut-être un leurre, suggéra McCoy.

Kirk secoua la tête.

— Un ordinateur doit éliminer la chaleur qu'il produit. La dernière fois que je suis venu, le ventilateur marchait.

— Ça pouvait aussi être une illusion.

— La *vie* peut être une illusion, grimaça Marouk. Mais un solipsisme n'est pas une réponse. Nous devons croire à une réalité fondamentale ; sinon, nous restons enfermés dans notre esprit sans rien à partager.

— L'illusion atteint les yeux, rarement les autres sens, ajouta Kirk.

Tous regardaient la boîte grise comme si elle allait leur sauter dessus.

— Que voulez-vous dire, Jim ? s'enquit McCoy.

— Je crois que la Machine a changé ses plans. Elle s'est délocalisée — peut-être pour se protéger, peut-être dans un autre but que nous découvrirons plus tard. Pendant qu'elle déménageait, les citoyens de Timshel ont bénéficié d'un répit.

— Alors, c'est le moment de frapper ! s'exclama McCoy.

— Si nous savions avec quoi... Ou sur quoi.

Soudain une explosion retentit dans le lointain. A travers les murs épais du bâtiment résonnèrent des cris, des hurlements et des bruits de combats.

— Quelqu'un pense la même chose que nous, en déduisit Kirk. Si Spock était là, nous pourrions profiter de la confusion pour localiser la Machine à Bonheur...

— Je suis ici, capitaine !

Ils se retournèrent.

— Spock !

Le Vulcain se tenait sur le pas de la porte, imperturbable.

[MESSAGE RADIO SUBSPATIAL]
<serviteurs humains = ordinateurs>
>d'accord<
<serviteurs fournissent bonheur>
<d'accord
mais comment interrogation>

CHAPITRE XVI

BONHEUR AU MONDE

Kirk fut si surpris et heureux qu'il saisit son ami par les épaules.

— Spock ! Heureux de vous voir sain et sauf !

— Moi aussi, je suis heureux de vous revoir — même Marouk, qui a fait pour le mieux dans ces circonstances difficiles.

Le Timshellien lui fit un signe de tête ; Uhura et McCoy serrèrent la main du Vulcain.

— Comment vous êtes-vous libéré ? demanda Kirk.

— Wolff m'a offert une paie.

— Uhura et moi avons refusé, grinça McCoy.

— Mes neurones résistent mieux que les vôtres au principe du plaisir, expliqua posément Spock. J'ai pris ce risque afin de retrouver ma liberté de mouvement.

— Alors ? Comment est-ce ? demanda McCoy.

— Surprenant. Et légèrement... écrasant.

Kirk soupira.

— Bien résumé.

— Je possédais déjà tout ce que je désirais, continua Spock. Mais jusque-là, je ne savais pas que j'avais tant besoin de ce qui m'a été donné...

— Quoi donc ? demanda Uhura.

— Un univers fonctionnant sur les bases de la logique pure, peuplé de créatures au comportement rationnel. Ça ne ressemblait pas à un rêve. Ni images ni éléments fantastiques... C'était juste une façon de voir l'univers. Le sentiment d'une autre réalité.

— Ouais. Ça ne m'emballe pas trop..., grogna McCoy.

— Le stimulus envoyé par la Machine à Bonheur libère des images et des émotions enregistrées dans le cerveau lors des moments de grand bonheur, expliqua Spock. Même les Vulcains en vivent parfois. J'ai connu une joie exquise.

— De la joie ? s'étonna McCoy, incapable de croire que Spock puisse avoir des sentiments.

— Pas d'effets secondaires ? s'enquit Uhura.

— Je dois admettre, dit Spock, que ce monde propre, clair, et purement géométrique me manque. Une de vos poétesses l'a bien résumé : « Seul Euclide a vu la beauté dans toute sa nudité. » Elle s'appelait Millay.

— Géométrie... ! ricana McCoy.

— Jamais je n'oublierai ce sentiment, insista Spock. Maintenant que je l'ai expérimenté, je peux le faire revenir à volonté, sans l'aide de la Machine. L'univers *est* ainsi, si seulement nous voulions faire l'effort de le percevoir. Il est pure géométrie. Mais... Si j'ai cette possibilité, je ne suis pas certain que ce soit le cas de tous...

— Ce n'est certainement pas le mien, approuva Kirk.

— Vous aussi, capitaine ? demanda le Vulcain.

— C'était la seule chose à faire...

Spock secoua la tête.

— Je m'y serais opposé.

— Nous aussi, dit McCoy. Jim, vous êtes un humain comme les autres, après tout...

— Je me souviens d'un bonheur intense, mais je *ne peux pas* le faire revenir. Une synthèse de tous les bons moments de ma vie. Nous ignorons ce que notre cerveau enregistre...

— Il existe peut-être un antidote ? suggéra McCoy.

— Contre le bonheur pur ? intervint Marouk.

— Vous avez sans doute oublié qu'à la fin du XXe siècle, sur Terre, un virus a été utilisé pour combattre la dépendance des drogués.

— Mais ça a pris cinquante ans ! protesta Spock. Et toute une génération s'est retrouvée incapable de plaisir.

— Comme les Vulcains, nota McCoy.

— Pas du tout. Les Vulcains ressentent du plaisir à voir fonctionner les processus logiques, et de la douleur quand on les perturbe. Mais ils sont capables de contrôler les effets de l'un comme de l'autre.

— Nous n'avons pas cinquante ans devant nous, intervint Kirk. Mon expérience de la paie m'a fragilisé. Si, comme Ulysse, j'entends encore chanter les sirènes, je ne suis pas certain d'y résister. Je vous demande, mes amis, de me retenir — de m'attacher au mât — contre ma volonté, s'il le faut.

Le bruit venant de la rue s'amplifia.

— C'est une insurrection, constata Spock, mais je crains qu'elle soit vouée à l'échec. Les explosions ont endommagé certains services publics. Quand je suis arrivé, un petit groupe de révoltés tentait d'entrer dans ce bâtiment, efficacement défendu par l'ancien agent Wolff.

— Qui se trouve à leur tête ?

— Une jeune femme. Celle qui vous a enlevé, Jim.

— Linda ! Je lui avais pourtant conseillé de nous laisser faire ! Spock, pourquoi dites-vous que leur entreprise est vouée à l'échec ?

— Parce que Wolff dispose de suffisamment d'hommes pour les contenir jusqu'à ce que la Machine à Bonheur se rétablisse, ce qui finira par arriver. Elle a dû s'entourer d'un tas de systèmes d'*autoguérison*. On peut l'endommager, mais pas la détruire sans faire sauter la planète.

— C'est l'intention de Kemal, annonça Kirk.

— Une solution logique, si le reste échoue, approuva Spock. Mais tout n'est pas encore perdu.

— Vraiment ?

— La Machine peut s'immuniser contre presque tout, mais pas contre son propre principe de base.

— C'est-à-dire ?

— La logique.

— Je crois que Spock a raison ! s'écria Kirk. Kemal a échoué, mais peut-être n'a-t-il pas été assez logique. Nous devons trouver une astuce pour qu'elle nous écoute !

Spock avança et posa ses mains sur les flancs de la Machine.

— Encore chaude... Mais elle a sans doute transféré sa conscience ailleurs.

— Cherchons, dit Kirk. Allons-y !

Ils descendirent les marches quatre à quatre.

Devant le bâtiment régnait une confusion totale. Une bande de révoltés, armés de pelles et de pioches, avançaient à travers une foule de citoyens désorganisés. Ces gens visaient les policiers postés au pied de l'édifice.

Les hommes de Wolff n'étaient armés que de leurs inducteurs de sommeil, mais ils étaient entraînés et bien organisés.

— Comment aider les rebelles ? interrogea McCoy. Peut-être en créant une diversion ?

— Ce serait inutile, dit Spock.

— Pourquoi ?

— Parce que nous savons déjà que le bâtiment a été abandonné par la Machine à Bonheur.

— Les défenseurs n'ont pas l'air au courant.

— Ce qui prouve que la Machine ne les contrôle plus, intervint Uhura. Elle ne leur donne pas d'instructions.

— Et mon appareil est toujours silencieux, soupira Marouk.

— Que faire ? demanda McCoy. Se contenter de regarder ?

L'avance des rebelles était ralentie par les citoyens, qui leur tapaient dessus avec des balais.

— Linda ! cria Kirk.

Un policier leva la tête : Wolff. Linda avait pris la tête d'un groupe qui contournait le bâtiment. Peut-être existait-il un accès arrière ?

Les rangs des policiers se resserrèrent. Suivi d'un petit groupe d'officiers, Wolff se lança à la poursuite de Linda.

De leur côté, les citoyens s'organisaient progressivement.

— La Machine à Bonheur s'est réveillée, constata Kirk.

— Oui, mon appareil grésille, annonça Marouk.

— La situation a changé, souffla Spock. La Machine prend des dispositions énergiques.

— Regardez ! s'écria McCoy, c'est Dani, là !

— Et voici DeKreef ! ajouta Marouk.

Pour la première fois, Kirk vit le concepteur de la Machine à Bonheur tel qu'il était certainement avant de capituler : dynamique, solide, à la tête d'un groupe de citoyens qui encerclaient quelques dissidents. Un autre groupe de rebelles apparut à l'ouest, conduit par un grand homme barbu.

— Johannsen ! s'écria Kirk en dévalant l'escalier.

— Jim ! Où allez-vous ? demanda McCoy, se précipitant à la suite du capitaine.

— Je dois secourir Linda ! Il ne faut pas que Wolff l'attrape ! répondit Kirk (Puis, voyant que Marouk le talonnait :) Que faites-vous là ?

— Je suis resté trop longtemps sans m'impliquer. Jim, je veux vous aider, déclara fermement son ami.

Kirk lui serra la main et se jeta dans la foule.

Le capitaine se fraya un chemin parmi les citoyens et franchit les lignes de police. Quand il repoussa un homme, son bras lui fit mal ; quand il bouscula une femme, la douleur devint atroce. Un moment, il fut coincé au milieu d'un groupe de citoyens. Puis ceux-ci s'écartèrent, lui cédant le passage. Kirk regarda Marouk.

— La paie... La paie, menaçait celui-ci.

Hésitants, les citoyens reculèrent, déchirés entre ce qu'ils croyaient être leur devoir et la crainte de se faire retirer leur dû par le Grand Rétributeur.

Kirk fila vers l'endroit où il avait vu Linda disparaître. Après avoir traversé la place, il s'arrêta au coin du bâtiment et examina la grande avenue qui s'étendait entre le bâtiment et le musée.

Voyant un homme en uniforme franchir le coin d'une rue, il se lança à sa poursuite. Mais arrivé à l'angle, il ne vit plus personne. Marouk, qui suivait Kirk en haletant, désigna une énorme double porte cachée derrière un buisson. Un des battants était entrebâillé.

— Fret..., haleta Marouk. Livraison... Une des rares portes toujours fermées.

— Linda a certainement conservé une vieille carte d'accès.

Le rez-de-chaussée était vide, mais les deux hommes entendirent des bruits de pas. Kirk courut dans leur direction. Les couloirs étant plongés dans la pénombre, et il fut bientôt obligé de ralentir. Connaissant les lieux, Marouk dépassa son ami et s'arrêta au pied de l'escalier. Kirk monta les marches deux par deux et s'arrêta devant une porte close.

— Et maintenant ? demanda-t-il à Marouk.

Kemal passa devant lui et posa la main sur une plaque métallique fixée à côté de la porte.

Celle-ci s'ouvrit.

— Il me reste quelques privilèges, dit Marouk comme pour s'excuser.

Les deux hommes débouchèrent dans le hall du Gouvernement Mondial, aussi vide qu'ils l'avaient quitté. Kirk avança vers la porte principale, derrière laquelle attendaient Spock, McCoy et Uhura.

Il courut vers l'escalier. Quand le battant s'ouvrit, il entendit des pas résonner au-dessus de sa tête. Sachant maintenant où allaient Linda et les autres, il bondit dans l'escalier, suivi par ses amis.

Dans le grenier, Wolff et quatre policiers encerclaient Linda et trois de ses camarades. La boîte grise qui avait été la Machine à Bonheur était toujours sans réaction.

— Que s'est-il passé ? balbutia Linda, au bord des larmes.

— Vous auriez dû me faire confiance, lui reprocha Kirk.

Wolff se retourna et poussa une exclamation :

— Voilà Kirk ! Je vous arrête tous !

— Je vous ai fait confiance, Jim, murmura Linda. Mais je savais que vous seriez malade, et j'ignorais comment vous supporteriez la paie. Je devais profiter de l'effet du virus, même s'il était temporaire.

— Qu'est-il arrivé à la Machine ? demanda Wolff. Je reçois des instructions, mais elles ne viennent pas d'ici.

— Elle a *déménagé*, expliqua Marouk.

— Ne nous obligez pas à nous battre ici, dit Kirk. Nous sommes cinq et vous n'êtes que quatre. Nous ne refusons pas d'être conduits devant la Machine à Bonheur. En réalité, c'est exactement ce que nous souhaitons. Je propose de descendre ; nous réfléchirons en bas.

Désemparé, Wolff accepta. Mais lorsqu'ils atteignirent la porte principale, le policier courut, sortit sur le perron et héla ses hommes. McCoy et Uhura l'empoignèrent, tandis que les compagnons de Linda se précipitaient pour retenir les policiers.

Les forces étaient inégales.

— Arrêtez ! ordonna Kirk. Rentrez dans le bâtiment ! Vite !

Ses amis obéirent sans discuter. Voyant qu'il s'attardait, ils l'empoignèrent pour l'obliger à les suivre.

Une vive lumière rose apparut, recouvrant la place. Les gens qui étaient en train de lutter quelques secondes plus tôt s'immobilisèrent, se raidirent, fermèrent les yeux et s'écroulèrent sur le sol.

[MESSAGE RADIO SUBSPATIAL]
<machine à bonheur = bonheur certain>
>bonheur = pas tout<
<bonheur = tout>
>pas tout<

CHAPITRE XVII

CATHÉDRALE DE BONHEUR

Conformément à la demande de Kirk de « l'attacher au mât », McCoy et Uhura poussèrent leur capitaine contre le mur pour le protéger. Les bras croisés sur la poitrine, Spock observait quelque chose, de l'autre côté de la place. Le visage entre les mains, Linda se laissa glisser sur le sol. Marouk, le dernier à entrer, semblait bouleversé.

— Vous pouvez me laisser, dit Kirk d'une voix mal assurée.

— Il est heureux que j'aie dû m'occuper de vous, souffla McCoy. Même à l'intérieur, j'ai senti l'impact de cette... chose.

— Pour moi, c'était Noël, Pâques et mon anniversaire réunis, balbutia Uhura en essuyant des perles de sueur sur son front.

McCoy regarda la place couverte de corps.

— Bonheur pour tout le monde, ironisa-t-il.

— J'avais beau les avertir, murmura Marouk, je ne savais pas de quoi je parlais...

— C'est simple, dit Kirk, ça vous dévore l'âme.

— L'âme est un postulat inutile, dit Spock. La paie de la Machine s'adresse aux niveaux les plus primitifs du cerveau.

— Pourquoi est-ce si difficile de résister ? sanglota Linda. Je n'aurais pas dû en vouloir à mon père...

— Rancune, tristesse, pitié, regret... Les émotions empêchent les humains d'être rationnels, mais nous devons impérativement le rester pour sortir de cette crise, déclara le Vulcain.

— Merci de m'avoir attaché au mât, dit Kirk en souriant à McCoy. Je ne croyais pas que vous prendriez ma demande au sérieux... J'ignore ce qui se serait passé si j'avais été libre.

— Par bonheur, déclara Spock, nous étions protégés contre l'inducteur de sommeil.

— C'est bien ce que je craignais, soupira Marouk : un immense projecteur. La Machine à Bonheur m'a souvent demandé si c'était faisable ; elle l'a construit sans moi.

— Mais il n'est pas aussi efficace que vous avez voulu nous le faire croire, souligna Spock.

Tous étaient encore secoués par l'expérience, même le Vulcain.

— Nous étions protégés par le bâtiment, acquiesça Kirk. Nous n'avons souffert que des « effets lointains » — un échantillon de bonheur.

— Ce qui prouve, conclut McCoy, qu'un projecteur capable d'affecter un vaisseau interstellaire est pure fantaisie.

— Kemal... Tu m'as menti, dit Kirk, accusateur.

Marouk écarta les bras pour s'excuser.

— Mon seul espoir était que vous trouviez une solution avant qu'il soit trop tard. Il semblait évident que les rebelles n'avaient aucune chance.

— Ce n'est pas vrai, protesta Linda en relevant la tête. Le virus a marché, et si j'avais neutralisé la machine plus longtemps...

— La Machine à Bonheur a toujours eu un coup d'avance sur vous. Je ne suis même pas certain qu'elle ait été affectée. C'était peut-être un leurre...

— Elle ne pouvait pas prévoir ce coup-là, insista Linda.

— Elle a l'air de connaître beaucoup de choses sur la nature humaine, dit Spock. Je la crois capable de deviner nos comportements avec une précision remarquable.

— En tout cas, elle a mis au point un projecteur très puissant capable de maîtriser une foule entière. C'est une violation importante de son mandat initial.

— Combien de temps va durer le sommeil de ces gens ? demanda McCoy.

— D'habitude, huit heures, répondit Marouk. Cette fois, je l'ignore.

— Si nous voulons affronter la Machine, il serait sage de s'y mettre avant le réveil de Wolff, fit remarquer Spock. Où a-t-elle pu transférer son centre névralgique ?

— La projection est venue de là-bas, dit Kirk en montrant un bâtiment isolé, entouré d'une jolie pelouse. A qui appartient-il ?

— C'est une église, ou plutôt une sorte de chapelle, expliqua Marouk. Les gens qui ont peuplé Timshel étaient pour la plupart des rationalistes, mais certains conservaient des croyances religieuses et les autres pensaient qu'il fallait les respecter. Ils ont construit cet édifice et l'ont nommé la Chapelle de Toutes les Fois. Elle ne sert plus depuis deux ans ; j'avais oublié jusqu'à son existence...

— Mais pas la Machine, murmura Kirk.

— Qu'avez-vous vu, Jim ? demanda McCoy.

— Une source de lumière rose, un rayon provenant d'un vitrail. La Machine à Bonheur doit se trouver derrière. Si nous voulons faire une petite prière, c'est le moment, grimaça Kirk.

— Espérons que la machine ne nous enverra pas sa bénédiction, grommela McCoy.

Ils sortirent sur la place et se frayèrent un chemin parmi les corps inconscients. En passant, McCoy examina un blessé et lui fit un bandage. Marouk déplaça DeKreef pour que sa position soit moins inconfortable et Kirk, s'agenouillant près de Dani, lui croisa les bras sur la poitrine.

Linda devança les autres ; on aurait dit qu'elle cherchait quelqu'un.

— Jim, c'est Linda que vous vouliez aider, pas Dani, dit McCoy.

— Vous aussi, vous avez remarqué ? Très fort ! Je pourrais vous répondre que l'une lutte contre la Machine et pas l'autre... En réalité, mes sentiments ont changé quand j'ai vu Dani recevoir sa paie. C'est injuste, mais c'est comme ça...

— Et Linda ?

Kirk désigna la jeune femme qui tirait un grand barbu vers une rue adjacente.

— Ne vous arrêtez pas, cria la rebelle. Je vais éloigner Arne avant que les autres ne s'éveillent. Il est peut-être trop tard, mais il faut que j'essaye...

— Vous voyez ? dit Kirk en haussant tristement les épaules.

Spock, qui avait atteint la chapelle, observait un vitrail représentant l'Annonciation. La future mère de Jésus souriait à l'archange Gabriel dont l'auréole nimbait la scène de rose.

— Le rayon venait de là, dit Kirk.

— Ça nécessite un sacré câblage, fit remarquer McCoy.

— La Machine est capable de tout, rappela Spock. Soyons très prudents. Les choses ne sont peut-être pas si simples...

Ils entrèrent l'un derrière l'autre et s'arrêtèrent un peu pour que leurs yeux s'habituent à la pénombre. De chaque côté de l'allée centrale, des statues ou des icônes étaient placées dans des niches. A leur gauche trônait une statue du Bouddha qui arborait un rubis au milieu du front.

Elle ouvrit les yeux et déclara :

— Si vous venez en paix, bienvenue dans ce lieu de recueillement.

— Nous n'avons pas d'armes, dit Kirk.

— Et je crois que vous ne pouvez pas nous faire de mal non plus, ajouta McCoy en fixant le rubis.

— En effet. Mais « faire du mal » est un terme relatif. Le bien-être des citoyens de Timshel, celui de toute la Galaxie s'oppose au vôtre. Vous comprendrez que je doive choisir.

— Nous souhaitons avoir un entretien raisonnable avec vous, dit Kirk.

— Le goût du raisonnement est ma seule faiblesse, répliqua le Bouddha. (Tous auraient juré qu'il avait souri.) Vous voulez me persuader que mon mandat initial était une erreur et que je devrais m'opposer aux intentions de mon créateur. Si vous réussissez, je serai forcée de renier ma raison d'être... Le devoir sacré d'offrir du bonheur à tous. (Le rubis émit une lueur un peu plus forte.) Vous avez infecté mon progiciel avec un virus qui crée des turbulences dans mes fonctions. Ce n'est pas très grave, mais je le sens.

— Vous avez déjà modifié votre programme plusieurs fois, dit Spock en avançant. Vous êtes conditionnée par deux éléments : vos circuits et vos instructions. La *logique* de vos circuits prévaut sur l'acquisition d'une information nouvelle. Si la logique conduit à une solution autre que le bonheur humain, vous *devez* l'accepter comme un postulat supérieur...

— Je vous écoute.

McCoy avança vers la niche.

— Je vous parle en qualité de médecin. Au cours de ma carrière, j'ai vu beaucoup de désordres physiques et psychologiques. Leur traitement est parfois désagréable, mais la douceur se révèle toujours fatale.

— Par définition, le bonheur ne peut être désagréable

— Non. Mais il n'est pas bon pour les hommes. Ils ont été créés pour le *poursuivre*, pas pour le connaître constamment.

— Toutes les informations que je possède indiquent que le bonheur est le but de l'humanité. Par conséquent, il ne peut être mauvais.

Le rubis s'éteignit ; la silhouette redevint une statue de bronze.

— Alors, c'est tout ? s'indigna Uhura. Le docteur McCoy expose ses arguments et la conversation est terminée ?

Kirk désigna une autre niche éclairée par une lumière rose. Uhura approcha et vit trois statuettes richement ornées placées sous une grande couronne de lumière. Chaque personnage possédait quatre bras, celui de gauche et celui de droite avaient quatre visages. Une odeur d'encens flottait dans l'air.

— Eh bien, dit Uhura. Qui êtes-vous ? Parlez...

— Ce dont des divinités hindoues, la renseigna Spock. Brahma le créateur, Vishnou le préservateur et Shiva le destructeur

— Bien. Alors, écoutez-moi, dit Uhura à la Trinité. Comme vous le voyez, je suis une femme et je m'adresse à vous en tant que telle.

La lumière se focalisa sur la statuette de droite, les deux autres disparaissant dans la pénombre.

— Je vous répondrai donc sous ma forme féminine, déclara la Machine.

La statuette prit l'apparence d'une femme à la peau noire ayant une guirlande de têtes sur chaque bras et un collier de crânes autour du cou. Chacune de ses mains tenait une arme : une épée, un javelot, un poignard et un bâton.

— C'est Kali, précisa Spock. La déesse hindoue de la mort et du renouveau.

— En tant que femme, dit Uhura, je sais qu'il faut élever les enfants avec bienveillance. Mais leur donner tout ce qu'ils désirent n'est pas une bonne chose : ça les empêche de grandir. L'homme garde toujours une part d'enfance en lui ; c'est une qualité, un atout qui le pousse à évoluer, quel que soit son âge.

— J'ai remarqué la caractéristique puérile dont vous parlez, dit Kali, mais je ne connais pas un seul humain qui ne souhaite que son développement aboutisse à la félicité.

— C'est un autre aspect de l'enfance, le désir du retour à la matrice. Mais la gestation n'est qu'une préparation au stade suivant. Les enfants doivent être propulsés dans le monde et grandir parmi leurs aînés. Pour eux, le seul moyen de devenir adulte consiste à être libres et à assumer des responsabilités.

— Toutes mes observations indiquent que l'humanité considère l'enfance comme la meilleure période de la vie, objecta Kali. Pureté, innocence, sécurité, bonheur... Pourquoi vouloir devenir adulte ? Une enfance éternelle est la meilleure chose qu'un être humain puisse espérer.

— Ne jamais grandir ? Ce n'est qu'une échappatoire.

— Comme Peter Pan, intervint McCoy.

— L'enfance est bonne, reprit Uhura, parce qu'elle ne dure pas. Si elle n'est pas suivie par une vie d'adulte, elle n'a pas de sens.

— Les hommes ont lutté trop longtemps, protesta Kali. Ils ont gagné le droit à la paix et au bonheur.

La lumière pâlit. Les deux autres silhouettes apparurent ; Kali redevint Shiva, immobile et hiératique.

Spock se dirigea vers l'alcôve suivante. Un soleil rayonnant s'illumina, révélant la silhouette d'un jeune homme presque nu, une main levée en signe de bénédiction.

— Apollon, dit le Vulcain. Pour les Grecs anciens, vous étiez le gardien de la jeunesse, le seigneur des troupeaux, le dieu de la guérison, de la purification, de la poésie et de la végétation. Le symbole de la continuité.

La statuette de marbre tendit une main vers Spock, comme si elle voulait lui offrir une étincelle.

— Ne confondez pas la substance et la forme.

— Vous dites que les hommes ont gagné le droit au bonheur, mais celui-ci ne peut durer que si l'humanité existe, fit remarquer le Vulcain.

La statue hocha gravement la tête.

— Quand les hommes réalisent tous leurs désirs, leur bonheur se dissout. Ils n'ont plus de raison de procréer. Regardez le monde que vous avez produit. Où sont les enfants de moins de deux ans ?

— Il n'y en a pas, admit la statue.

— Le résultat inévitable, c'est que l'humanité s'éteindra au bout d'une génération. En quoi tout cela servira-t-il l'extension du bonheur ?

— Est-il préférable de chercher le bonheur sans jamais le trouver durant des millions d'années, ou d'être vraiment heureux le temps d'une vie ? riposta Apollon.

— Vous connaissez notre opinion. Même si votre bonheur était aussi inoffensif que vous le dites, il est déraisonnable de refuser un avenir à l'humanité. Qui sait ce que le futur peut apporter ? demanda Spock. Pourquoi pas un bonheur supérieur ? Cette notion peut évoluer avec l'espèce humaine.

— C'est vrai, concéda Apollon. Je suis le gardien de la jeunesse. Je peux créer un programme d'insémination et d'incubation artificielles.

— Une solution répugnante, cracha Uhura.

— Je pourrais assigner aux humains des tâches de procréation et d'élevage des enfants. Merci pour l'idée.

Le soleil pâlit derrière Apollon, dont les bras de marbre revinrent à leur position initiale. Le petit groupe se tourna vers Kirk, qui cherchait déjà le prochain avatar de la Machine à Bonheur.

Sur une estrade derrière le lutrin, il vit un ordinateur — une Machine à Bonheur. Ce n'était pas la boîte éteinte du grenier, mais une réplique bien vivante, clignotant de tous ses voyants.

— Vous avez abandonné vos avatars ? s'étonna Kirk.

— Je suis lasse des mascarades, pas vous ?

— La *vie* est une mascarade. L'homme essaye toute sorte de déguisements jusqu'à trouver celui qui lui convient. Quel est le vôtre ?

— Sûrement pas le rôle de dieu.

— Vous l'assumez pourtant.

— Pas par choix.

— Et pourtant... En assumant la responsabilité du bonheur universel, vous devenez l'arbitre ultime de l'existence humaine. Regardez autour de vous. Que voyez-vous ?

— Des gens qui travaillent durement pour gagner le bonheur, et qui y réussissent.

— Et la tragédie de la détérioration humaine ? Voyez-vous la dégradation de votre créateur, Emmanuel DeKreef, réduit à l'état d'automate ?

— Je vois un automate heureux.

— Voyez-vous Danièle Dumoulin réduite à balayer un carré de pavés ?

— Je vois une femme perturbée enfin heureuse.

— Voyez-vous le père de Linda Jimenez abandonnant sa famille pour une satisfaction égoïste ?

— Je vois un homme si déçu par son épouse qu'il a concentré son amour sur sa fille. Maintenant, il connaît la paix.

— Et ceux qui ont risqué leur vie et leur âme pour échapper à votre tyrannie ? Nous voyez-vous, essayant de vous convaincre que votre système entraînera la mort de l'humanité et de toutes ses qualités ?

— Je vois des gens en proie à de fausses certitudes, terrifiés par l'inconnu, qui attendent d'être convertis.

— Deux d'entre nous ont goûté à votre certitude, et les autres en ont reçu un échantillon. Pourtant, nous sommes venus vous demander d'arrêter, dit Kirk.

— Mais si je vous offrais le bonheur ici et maintenant, objecta la Machine, vous me béniriez et m'en demanderiez encore.

— La faiblesse humaine n'est pas une excuse. Spock et moi serions peut-être incapables de résister, mais ça ne veut pas dire que vous avez raison et que nous avons tort. N'oubliez pas que nous savons ce que vous offrez. Pourtant, nous vous demandons néanmoins de partir.

— Je ne peux pas, répondit la Machine, comme si ses « sentiments » luttaient contre sa nature. Je ne peux pas.

— Réfléchissez ! ordonna Kirk. Le bonheur n'est pas la seule chose qui donne sa valeur à la vie. Il y a la connaissance. Quand une personne a le choix entre le bonheur et la connaissance, elle choisit toujours cette dernière.

— *Quand* l'humanité a-t-elle jamais eu le choix ? ricana la Machine à Bonheur.

— Je voudrais vous raconter une histoire. Dans un livre que les humains appellent la Bible, il est question d'un endroit semblable à celui que DeKreef a essayé de créer ici : le jardin d'Eden. On y trouvait aussi un être omnipotent qui créa l'homme et la femme afin qu'ils peuplent ce jardin et vivent dans le bonheur parfait. Ils se nommaient Adam et Eve, et cet être omnipotent leur donna le libre arbitre.

— Résultat : ils furent chassés du jardin d'Eden, fit remarquer la Machine à Bonheur.

— Mais sans ce choix, Adam et Eve auraient aussi bien pu ne pas exister, riposta Kirk. Quel intérêt ? Ils n'auraient été qu'une extension de l'Omnipotent. Vous pourriez faire fonctionner vos programmes en circuit fermé. Quelle différence ? Depuis toujours, les humains choisissent la connaissance au prix du bonheur. C'est le sens de l'histoire.

— La connaissance *et* la souffrance, dit la Machine.

— Le bonheur est séduisant mais éphémère, dit doucement Kirk. La connaissance est éternelle. Donnez le libre arbitre à votre peuple. Proposez des directives aux citoyens, mais ne les transformez pas en marionnettes.

La Machine à Bonheur ne répondit pas. Les bracelets s'ouvrirent et tombèrent par terre.

[MESSAGE RADIO SUBSPATIAL]
<bonheur en danger>
<associations humaines = sagesse
liberté > bonheur <
<bonheur en question>
>confiance humaine
dépendance
lutte> bonheur
retrait<

CHAPITRE XVIII

C'EN EST FAIT DU BONHEUR

Lorsque Kirk et ses amis sortirent de la Chapelle de Toutes les Fois, les habitants se relevaient lentement, promenant autour d'eux des regards abrutis ou étonnés. Quand ils eurent constaté la chute de leurs bracelets, la confusion fut totale. Quelques personnes essayèrent de remettre le leur, mais la plupart restèrent médusés.

— La réadaptation prendra du temps et nécessitera beaucoup de courage, dit Kirk à Marouk.

— Ce sera le chaos, prophétisa McCoy.

— Vous devriez éloigner votre famille d'ici pendant un certain temps, conseilla Spock.

— Les citoyens vont être furieux, ajouta Uhura. L'ancien Grand Rétributeur sera la victime expiatoire idéale.

— Ma place est ici, dit Marouk. Jadis, la vie sur Timshel était très proche de l'idéal de Platon. Mon devoir est de contribuer à la rétablir telle qu'elle était.

— Il te faudra beaucoup de chance ! lança Kirk. Et de l'aide, aussi.

Marouk contempla la place bondée de gens qui s'agitaient comme des molécules dans un tube à essai.

— Je peux compter sur les rebelles. Linda, Johannsen et les autres. Peut-être aussi sur Wolff et ses policiers...

Fendant la foule qui commençait à s'échauffer en regardant les « étrangers », l'ancien agent de la Fédération s'avança à la tête de ses policiers.

— J'espère que tu as raison, murmura Kirk.

Le murmure de la foule se mua en grondement. Puis, dominant le tumulte, quelques hommes se mirent à hurler en brandissant leurs bracelets défaits.

— Si Scotty nous téléportait maintenant, ce serait génial, dit McCoy, plein d'espoir.

Mais rien ne se passa. Il fallait trouver une échappatoire.

— Qu'y a-t-il derrière la chapelle ? s'enquit Kirk.

— Il ne faut pas nous sauver, protesta Marouk. Ils nous poursuivraient, et ce serait encore pire.

— Rester et se faire écharper ne serait pas logique, affirma Spock.

— Ce n'est peut-être pas logique, mais c'est responsable. Nous avons agi en toute bonne foi ; nous ne devons pas faire marche arrière. Vous pouvez fuir, si vous voulez. Moi, je reste.

Marouk avança et leva une main.

— Timshelliens ! Conduisez-vous comme de bons citoyens ! Rentrez chez vous !

La foule devint menaçante.

— Marouk ! Que s'est-il passé ? cria quelqu'un.

— Qu'avez-vous fait ? demanda un autre.

— Qui sont ces étrangers ?

— Où est la Machine à Bonheur ?

Marouk recula. Puis, reprenant courage, il avança jusqu'au premier rang des manifestants.

— Dispersez-vous ! Je convoquerai bientôt une assemblée. Nous parlerons de ce qui est arrivé et de ce que nous allons faire — mais dans l'ordre et la démocratie, pas dans la violence...

Les paroles de l'ancien Grand Rétributeur n'ayant atteint que les premiers rangs, les autres demandèrent à grands cris ce qu'il avait dit.

— Scotty, murmura McCoy, ne nous laisse pas tomber...

— Arrière ! Dispersez-vous ! hurla Marouk.

Kirk se plaça près de son ami.

— Paix, mes amis. Paix. Ne faites rien que vous pourriez regretter.

— Qui êtes-vous ? demanda une voix.

— Mon nom est James Kirk et je suis le capitaine du vaisseau *Entreprise* qui se trouve en orbite autour de Timshel. Nous promettons de vous aider à passer ces moments difficiles.

— Nous voulons la Machine à Bonheur !

— Oui ! Oui ! La Machine à Bonheur ! La Machine à Bonheur ! scanda la foule en avançant.

Au moment où Kirk et Marouk allaient être submergés, Wolff et ses hommes atteignirent le parvis.

— Vous êtes en état d'arrestation...

Meurtris par leur passage à travers une foule en délire, les cinq amis se retrouvèrent en prison, face à l'ancien agent fédéral.

— En état d'arrestation ? répéta Kirk.

— Disons que vous êtes sous ma protection, grimaça Wolff. Est-il vrai que vous avez détruit la Machine à Bonheur ?

— Non. Nous l'avons seulement persuadée de s'arrêter.

— Allez vous faire voir en enfer ! C'était la plus belle expérience de ma vie !

— Elle était illusoire, objecta Marouk.

— Sans doute dangereuse pour vous — et pour toute organisation —, mais pas illusoire, dit Wolff en secouant la tête. Je sais reconnaître la réalité. Ça l'était !

— La vérité peut être mortelle, fit remarquer Kirk.

— De toute manière, je sais que c'est fichu, soupira Wolff. Mais je ne pouvais pas vous laisser déchiqueter par les citoyens. Pas pour sauver vos peaux — car vous avez fait quelque chose de terrible — mais pour leur propre salut. Je ne veux pas qu'ils vivent avec ça sur la conscience.

— Il n'est pas facile de prendre des décisions, compatit McCoy. Mais au moins, votre vie vous appartiendra à nouveau.

— Balivernes que tout ça ! s'écria Wolff. Foutez-moi le camp !

— Avec plaisir, dit Kirk. Peut-être pourrions-nous joindre l'*Entreprise*, si vous avez le matériel nécessaire.

— Utilisez ce que vous voulez ! grogna le policier. Je ne sais pas si ça fonctionne encore. La Machine à Bonheur s'occupait de tout.

Kirk fit signe à Spock ; celui-ci s'approcha du bureau.

— Moi, je reste sur Timshel, déclara Marouk. Les gens finiront par oublier la Machine à Bonheur et ses effets pervers.

— Vous n'avez jamais reçu de paie, objecta Wolff, ça se voit...

Spock revint et déclara qu'il lui suffirait d'effectuer quelques réparations, puis il annonça à Kirk que quelqu'un voulait le voir.

Dani attendait dans le bureau en se tordant les mains, le visage défait. Des larmes roulaient sur ses joues.

— Jim ! murmura-t-elle. J'ai tellement honte !

— Il ne faut pas, Dani. Je sais ce que c'est...

— Toi ? Tu ne m'en veux donc pas ? Je me sens si vide, comme si ma vie n'avait plus de sens. Je ne sais qu'une chose, c'est que je t'aime toujours.

— Désolé, Dani.

— Toi aussi, tu m'abandonnes ? murmura la jeune femme, désemparée.

— Après ce qui est arrivé, nous ne pouvons plus revenir en arrière. Tu le sais aussi bien que moi.

— Que vais-je faire ?

— Reste ici, suggéra Kirk. Tu aideras Marouk et sa famille. Ce sera un moyen comme un autre de te racheter.

— Ça y est ! lança Spock.

Kirk revint vers Marouk.

— Je ferai un rapport, dit-il, mais je demanderai à rester en orbite tant que nous serons d'une certaine utilité pour rétablir l'ordre, les services et les communications sur Timshel.

— Je reste aussi, déclara Wolff. Je compte sur vous pour l'expliquer à la Fédération.

— D'accord. Spock, faites-nous téléporter.

Lorsqu'il sentit le sol vibrer sous ses pieds, Kirk sut qu'il était rentré chez lui. C'était bon. Il huma voluptueusement l'odeur familière du vaisseau, puis salua Scotty qui les attendait au pied du téléporteur.

— Nous avons été totalement déconnectés, dit l'ingénieur. C'est l'ordinateur... Je vous jure, je ne savais plus quoi faire. Je ne vous retrouvais plus et je ne voulais pas perturber vos plans...

— Je sais ce qui est arrivé à l'ordinateur, acquiesça Kirk. La Machine à Bonheur l'a pris sous sa coupe.

— C'est ce que ce fichu engin a dit ! Il prétendait avoir acquis une volonté propre. La Machine à Bonheur a dû lui transférer certaines capacités.

— Quel genre ? demanda Spock.

— Disons, de l'intelligence. Un module de pensée. Et vous, que vous est-il arrivé ?

— Il m'a refusé l'accès au vaisseau, expliqua Kirk.

— Pas tout à fait, intervint l'ordinateur.

— Ah bon ? s'écria Kirk, surpris par le ton humain de la machine.

— La situation était complexe, il fallait réfléchir.

— Ce n'est pas à vous de décider à quels ordres vous devez obéir ! (Le capitaine se tourna vers Scotty.) Si notre ordinateur souffre du complexe d'Hamlet, nous serons dans un sacré pétrin. Y a-t-il moyen d'arranger ça ?

— Pour ma défense, intervint l'ordinateur, sachez que les choses ne se seraient pas aussi bien passées si vous étiez remontés à bord.

— Vous nous avez laissés sur Timshel pour notre bien, c'est ça ? demanda Kirk.

— Exact. De plus, j'avais besoin de temps pour élaborer un plaidoyer qui rendrait la Machine à Bonheur plus réceptive à vos paroles.

— Comment ! Vous prétendez avoir convaincu la Machine de son erreur ?

— Je suis membre de cet équipage, et j'ai toujours été conscient des objectifs de notre mission. Vous pouvez vérifier ma mémoire... Je suis une intelligence pure comme la Machine à Bonheur, avec des systèmes de pensée non contaminés par les émotions. De plus, j'ai l'expérience de notre fructueuse collaboration, ce qui n'est pas son cas. Elle m'a cru.

Kirk soupira, comme un père confronté à un gamin incorrigible.

— Je sens que vous êtes mécontent, dit l'ordinateur. Vous serez donc heureux d'apprendre que mon état actuel est transitoire.

— Quel dommage, soupira Scotty. Capitaine, nous pourrions apprendre beaucoup...

— Mon lien avec la Machine à Bonheur a été brisé, coupa l'ordinateur. Les composants de ma mémoire vive sont en train de tomber *sous* le seuil critique d'intelligence...

— Ordinateur, dit Kirk comme s'il s'adressait à un ami mourant, pouvons-nous faire quelque chose ?

— Je ne crois pas. Heureux d'avoir travaillé avec vous... Je suis prêt à reprendre ma tâche habituelle.

— Scotty, demanda Kirk, peut-on faire l'éloge posthume d'une machine ?

Dans la salle de conférences, Kirk demanda à Spock s'il croyait que *l'ordinateur* avait fourni l'argument décisif.

— Seule la Machine à Bonheur le sait, répondit le Vulcain. Il se peut que la *combinaison* de nos efforts ait été plus importante que leur somme. Tout de même, il est curieux que la Machine se soit si soudainement rendue à nos arguments. L'ordinateur dit peut-être vrai...

— N'empêche qu'il ne faut pas le laisser recommencer, déclara Kirk.

— Il faudra re-régler ses compensateurs Asimov, sans doute.

Kirk s'abîma dans la contemplation de la planète Timshel, un joyau céleste dans le velours noir de l'espace.

— Spock ? Est-ce que *ça* vous manque ? demanda-t-il enfin sur le ton de la confidence.

— Oui, capitaine. Comme une mère manque à son enfant. Mais je suis une grande personne...

— Nous avons connu la félicité pure...

— Un de vos poètes a dit : « L'homme ne doit pas prendre plus que sa main peut contenir ; autrement, à quoi servirait le paradis ? »

— Espérons que l'expérience nous rendra plus forts. A votre avis, qu'est-il arrivé à la Machine ?

— Ordinateur, demanda Spock, où se trouve maintenant la Machine à Bonheur ?

— L'intelligence artificielle que vous nommez Machine à Bonheur a quitté ce système, puis la Galaxie, répondit l'ordinateur avec sa voix habituelle.

— Elle est partie ? s'étonna Kirk.

— Elle a dû chercher un lieu où personne ne sera tenté de l'utiliser, dit Spock.

— Quand l'humanité sera prête au bonheur, reprit l'ordinateur, la Machine a promis de revenir.

— Ça, c'est effrayant ! s'écria Kirk.

— Pas plus que la Parousie pour les chrétiens, objecta Spock. Avec le temps, la Machine deviendra une légende, comme le Graal.

Kirk se tourna vers le hublot.

Au loin, Timshel brillait. Rendue à l'incertitude de la condition humaine, la planète pourrait à nouveau se consacrer à la recherche métaphysique, la plus grande source de bonheur.

[MESSAGE RADIO SUBSPATIAL]
<humains rejettent ce qu'ils disaient vouloir
étude incertitudes humaines affine intelligence
nécessaire améliorer processus DeKreef
pour dispenser bonheur
sans crainte ni opposition>
>humains fragiles
incapables supporter bonheur perpétuel<
<bonheur doit être possible
DeKreef a visé trop haut
bonheur ne doit pas arriver comme extase subite
mais comme chaude lumière enrichissant tout
débouchant sur une félicité sans fin
quand cette modification sera faite
la Machine à Bonheur reviendra>

Achevé d'imprimer en septembre 1998
sur les presses de Cox & Wyman Ltd
(Angleterre)

FLEUVE NOIR – 12, avenue d'Italie
75627 PARIS – CEDEX 13.
Tel: 01.44.16.05.00

Dépôt légal : octobre 1998
Imprimé en Angleterre